*Über dieses Buch*   Mit *Blau & Grün* liegt nun die *Gesammelte Prosa* Virginia Woolfs erstmals vollständig auf deutsch in drei Bänden im Taschenbuch vor. Der Band bietet einen Querschnitt durch das Gesamtwerk seit 1918. Neben experimentierenden Stücken finden sich solche aus dem Umkreis von *Mrs Dalloway*, finden sich ausgearbeitete, »regelrechte« Kurzgeschichten und Auftragsarbeiten neben Skizzen, Porträts und Momentaufnahmen von Wahrnehmungsausschnitten. Das Improvisierte und Beiläufige hat ebenso seinen Platz wie Satirisches, Essayistisches, Märchenhaftes und Phantastisches. Joachim Kaiser schrieb in der *Süddeutschen Zeitung* über Virginia Woolfs Prosa: »Kein Moderner: Proust nicht, Kafka nicht, Eliot nicht, Joyce schon gar nicht – verstand es bei aller Kühnheit so schwebend zart zu bleiben. Das wunderbar Schwebende des Empfindens und Formulierens fasziniert, macht lächeln und bewundern.«

*Die Autorin*   Virginia Woolf wurde am 25. Januar 1882 als Tochter des Biographen und Literaten Sir Leslie Stephen in London geboren. Bereits mit 22 Jahren bildete sie gemeinsam mit ihrem Bruder den Mittelpunkt der intellektuellen »Bloomsbury Group«. Zusammen mit ihrem Mann, dem Kritiker Leonard Woolf, gründet sie 1917 den Verlag »The Hogarth Press«. Ihre Romane, die zur Weltliteratur gehören, stellen sie als Schriftstellerin neben James Joyce und Marcel Proust.

*Der Herausgeber*   Klaus Reichert ist seit 1975 Professor für Anglistik an der Universität Frankfurt am Main. Er hat zahlreiche Arbeiten zur Literatur der Moderne und zur Renaissance veröffentlicht und ist Übersetzer von u. a. Shakespeare, Lewis Caroll, James Joyce. Er ist Herausgeber der deutschen James-Joyce-Ausgabe. 1983 erhielt er für seine Übersetzung von John Cage den Wieland-Preis.

Im Fischer Taschenbuch Verlag erschienen 1990 im Rahmen der von Klaus Reichert herausgegebenen neuen Virginia-Woolf-Edition die Erzählungsbände *Ein verwunschenes Haus* (Band-Nr. 9464) und *Phyllis und Rosamond* (Band-Nr. 10170).

Virginia Woolf
Blau & Grün

Erzählungen

Herausgegeben
und kommentiert von
Klaus Reichert

Deutsch von Marianne Frisch,
Brigitte Walitzek, Dieter E. Zimmer

Fischer
Taschenbuch
Verlag

Veröffentlicht im Fischer Taschenbuch Verlag GmbH,
Frankfurt am Main, Februar 1991

Lizenzausgabe mit freundlicher Genehmigung
des S. Fischer Verlags GmbH, Frankfurt am Main
Die Texte entstammen dem 1989 erschienenen Band
*Das Mal an der Wand. Gesammelte Kurzprosa.*
(Die englische Ausgabe erschien 1985, erweitert und überarbeitet 1989,
unter dem Titel *The Complete Shorter Prose*, herausgegeben von Susan Dick,
im Verlag The Hogarth Press, London.)
Copyright der Texte von Virginia Woolf
© Quentin Bell und Angelica Garnett 1944
Für die deutsche Ausgabe
© S. Fischer Verlag GmbH, Frankfurt am Main 1989
Umschlaggestaltung: Buchholz/Hinsch/Hensinger
Umschlagabbildung: Sarah Schumann
Druck und Bindung: Clausen & Bosse, Leck
Printed in Germany
ISBN 3-596-10553-6

# Inhalt

Vorwort des Herausgebers 7

Die Abendgesellschaft 11
Beileid 19
Ein Verein 25
Blau & Grün 42
Ein Frauencollege von außen 43
Im Obstgarten 47
Mrs Dalloway in der Bond Street 50
Schwester Lugtons Vorhang 60
Die Witwe und der Papagei: Eine wahre Geschichte 63
Glück 73
Vorfahren 77
Vorgestellt werden 81
Eine einfache Melodie 88
Die Faszination des Teichs 96
Drei Bilder 99
Szenen aus dem Leben eines britischen Marineoffiziers 103
Miss Pryme 106
Ode teils in Prosa geschrieben ausgelöst durch den Namen
   Cutbush über einem Metzgerladen in Pentonville 109
Porträts 114
Onkel Wanja 121
Gipsy, die Promenadenmischung 122
Das Symbol 133
Der Badeort 137

Anmerkungen 139

## Vorwort des Herausgebers

Nach dem von Virginia Woolf noch quasi autorisierten, von Leonard Woolf zusammengestellten Erzählungsband *Ein verwunschenes Haus* und nach den Erzählungen der frühesten Schaffensphase (*Phyllis und Rosamond*), erscheinen nun hier alle noch fehlenden Stücke, wie sie in *Das Mal an der Wand* 1989 erstmals deutsch gesammelt vorgelegt waren. Mit den drei Taschenbuch-Bänden hat der deutsche Leser also die gesammelte Kurzprosa der Autorin in der Hand – wie vollständig sie ist, läßt sich indessen nicht sagen, denn es tauchen bisweilen immer noch aus dem Nachlaß oder an entlegenem Ort publizierte Stücke auf, so die ganz frühe Erzählung ›A Terrible Tragedy in a Duckpond‹ (1899), die im Frühjahr/Sommer 1990 in Heft 1 des *Charleston Magazine* erschien.

Der hier vorliegende Band bietet, wie *Ein verwunschenes Haus*, wieder einen Querschnitt durch das Gesamtwerk seit 1918. Neben experimentierenden Stücken finden sich solche aus dem Umkreis von *Mrs Dalloway* (die anzeigen, in welche Richtung der Roman sich noch hätte bewegen können), finden sich ausgearbeitete, »regelrechte« Kurzgeschichten und Auftragsarbeiten neben Skizzen, Porträts und Momentaufnahmen von Wahrnehmungsausschnitten. Das Improvisierte und Beiläufige hat ebenso seinen Platz wie Satirisches und Essayistisches, Märchenhaftes und Phantastisches. Durch allen Wechsel der Töne hindurch ist die Insistenz zu spüren, aus kleinsten, genau beobachteten Partikeln eine Wirklichkeit zu schaffen, die sich doch immer wieder entzieht. Insofern ist dieser Band mit kurzen Texten eine ideale Einführung in die Vielfalt der Formen und Stile der großen Romanautorin.

Wie in den beiden früheren Taschenbuchbänden sind im Anhang die Entstehungsgeschichten der einzelnen Texte mitgeteilt und Anmerkungen gegeben.

K. R.

# Die Erzählungen

# Die Abendgesellschaft

Ach, laß uns noch ein wenig warten! – Der Mond ist da; der Himmel frei; und dort, wo sich eine Wölbung gegen den Himmel erhebt, mit Bäumen darauf, ist die Erde. Die dahingleitenden Silberwolken blicken auf atlantische Wellen nieder. Der Wind bläst sanft um die Straßenecke, lüpft meinen Mantel, hält ihn leicht in der Luft, läßt ihn sinken und herabhängen, während das Meer jetzt ansteigt, die Felsen überspült und sich wieder zurückzieht. – Die Straße ist nahezu leer; die Vorhänge in den Fenstern sind gezogen; die gelben und roten Scheiben der Ozeandampfer werfen für einen Augenblick einen Fleck auf das schwimmende Blau. Süß ist die Nachtluft. Die Hausmädchen lungern an den Briefkästen herum oder vertrödeln ihre Zeit im Schatten der Mauer, wo der Baum seine dunkle Blütenfülle herabhängen läßt. Auch zappeln die Nachtfalter an der Rinde des Apfelbaums, durch den langen schwarzen Faden ihres Rüssels Zucker saugend. Wo sind wir? Welches könnte das Haus mit der Gesellschaft sein? Alle diese Häuser mit den rosafarbenen und gelben Fenstern haben etwas Ungeselliges. Aha, – um die Ecke herum, in der Mitte, da wo die Tür offen steht – warte einen Moment. Komm wir beobachten die Leute, einer, zwei, drei, wie sie sich ans Licht drängen, wie die Falter schlagen sie gegen die Scheibe einer Laterne, die man in den Waldboden gerammt hat. Hier ist eine Droschke, die sich beeilt, an denselben Ort zu kommen. Ihr entsteigt eine Dame, bleich und umfangreich, und schreitet ins Haus; ein Herr in schwarzweißem Abendanzug bezahlt den Fahrer und folgt ihr, als hätte auch er es eilig. Komm jetzt, sonst sind wir zu spät.

Auf allen Stühlen sieht man sanfte Wölbungen; bleiches Rauschen von Gaze schlägt zarte Wellen auf heller Seide; Kerzen brennen zu beiden Seiten des ovalen Spiegels mit birnenförmigen Flammen; da sind Bürsten aus hauchdünnem Schildpatt; geschliffene Flacons mit Silberknauf. Kann das immer so aussehen – ist dies nicht das Wesen – der Geist der Dinge? Irgendetwas hat mein Gesicht in Auflösung versetzt. Durch den silbrigen Dunst des Kerzenlichts ist es kaum zu sehen. Ohne mich anzublicken, gehen Menschen an mir vorbei. Sie haben Gesichter. Auf ihren Gesichtern scheinen Sterne durch das rosige Fleisch zu schimmern. Der Raum ist voll von lebhaften doch wesenlosen Gestalten; aufrecht stehen sie vor den von unzähligen kleinen Bänden gestreiften Regalen; ihre Köpfe und Schultern verdunkeln die Ecken der quadratischen goldenen Bilderrahmen; und ihre massigen Körper stauen sich, glatt wie Statuen aus Stein, an etwas Grauem, Turbulentem, auch von Wasser Schimmerndem, neben den vorhanglosen Fenstern.

»Komm hier in die Ecke und laß uns sprechen.«

»Herrlich! Herrliche menschliche Wesen! Durchgeistigt und herrlich!«

»Nur sind sie inexistent. Siehst du durch den Kopf des Professors hindurch nicht den Teich? Siehst du nicht den Schwan durch Marys Rock schwimmen?«

»Ich kann mir kleine flammende Röschen, die um sie herum gestreut sind, vorstellen.«

»Die kleinen flammenden Röschen sind nichts anderes als die Leuchtkäfer, die wir zusammen in Florenz gesehen haben, versprengt in die Glyzinie, schwebende Feueratome, im Schweben brennend – brennend, nicht denkend.«

»Brennend nicht denkend. Und ebenso all die Bücher hinter uns. Hier ist Shelley – da steht Blake. Wirf sie hoch in die Luft und sieh ihre Gedichte wie goldene Fallschirme niedersinken, funkelnd und kreisend und ihren Regen sternförmiger Blüten ausschüttend.«

»Darf ich Shelley zitieren? ›Hinweg! das Moor ist dunkel unter dem Mond –‹«[1]

»Halt, halt! Verdichte nicht unsere hauchdünne Atmosphäre zu Regentropfen, die auf das Pflaster prasseln. Laß uns noch atmen in dem Feuerstaub.«

»Leuchtkäfer in der Glyzinie.«

»Herzlos, ich geb es zu. Doch sieh, wie die großen Blüten vor uns herunterhängen; riesenhafte Kandelaber aus Gold und mattem Purpur schweben aus den Himmeln. Spürst du nicht den feinen Goldglanz, der, wenn wir eintauchen, unsere Schenkel färbt, und wie die schiefernen Innenwände feuchtklebrig um uns herumflattern, während wir immer tiefer in die Blütenblätter schießen, oder straff wie Trommeln werden?«

»Der Professor türmt sich über uns auf.«

»Sagen Sie, Herr Professor —«

»Gnädige Frau?«

»Ist es Ihrer Meinung nach notwendig, sprachlich korrekt zu schreiben? Und die Zeichensetzung zu beachten. Die Frage der Kommas bei Shelley interessiert mich zutiefst.«

»Setzen wir uns. Offen gestanden, geöffnete Fenster nach Sonnenuntergang — stehend, ich mit meinem Rücken — angenehm doch zum Unterhalten — Sie fragten nach Shelleys Kommas. Ein Gegenstand von einiger Wichtigkeit. Dort, ein wenig rechts von Ihnen. Die Oxford-Ausgabe. Meine Brille! Der Nachteil der Abendgarderobe! Lesen getrau ich mich nicht — Und dann noch Kommas — Die moderne Typographie ist abscheulich! Eigens entworfen, um sich der modernen Nichtigkeit anzupassen; denn ich gestehe, ich kann an der Moderne nichts Bewunderungswürdiges ausmachen.«

»Da bin ich völlig Ihrer Meinung.«

»So? Ich befürchtete Widerspruch. Sie in Ihrem Alter — Ihrer Kleidung.«

»Sir, ich kann an den Alten wenig Bewunderungswürdiges ausmachen. Diesen Klassikern — Shelley, Keats; Browne; Gibbon; gibt es da eine Seite, die Sie vollständig zitieren können, einen vollkommenen Absatz, auch nur einen Satz, den man nicht durch Gottes- oder Menschenfeder verbessert sehen könnte?«

»Pst — pst —, gnädige Frau. Ihr Einspruch ist nicht ohne Gewicht, hingegen mangelt ihm Besonnenheit. Und dann diese Wahl der Namen — In welch geistiges Gemach können Sie Gibbon und Shelley zusammenführen? Tatsächlich in kein anderes als das ihres Atheismus' — aber zur Sache. Der vollkommene Absatz, der vollkommene Satz; hm — mein Gedächtnis — und zu all dem habe ich meine Brille hinten auf dem Kaminsims liegen lassen. Zugegeben. Doch Ihre scharfe Kritik trifft das Leben selbst.«

»Heute abend sicherlich —«

»Des Menschen Feder, so stelle ich mir vor, dürfte kaum Mühe haben, dies hier niederzuschreiben. Das offene Fenster – dieses Herumstehen im Durchzug – und, wenn ich flüstern darf, die Unterhaltung dieser Damen, ernsthaft und wohlmeinend, mit exaltierten Ansichten über das Schicksal des Negers, der sich in diesem Augenblick unter Peitschenhieben abrackert, um für einige unserer Freunde, die in eine angenehme Unterhaltung hier verwickelt sind, Kautschuk zu gewinnen. Um Ihre Vollkommenheit zu genießen –«

»Ich sehe, was Sie meinen. Man muß auslassen können.«

»Den jeweils größeren Teil.«

»Nur um das richtig diskutieren zu können, müssen wir tief unten an die Wurzeln der Dinge rühren; denn ich stelle mir vor, daß Ihre Meinung nichts anderes ist als eines jener verblassenden Stiefmütterchen, das man kauft und pflanzt für eine abendliche Festivität, um es am Morgen verwelkt vorzufinden. Sie behaupten, daß Shakespeare ausgelassen habe?«

»Gnädige Frau, ich behaupte gar nichts. Diese Damen haben mir die Laune verdorben.«

»Sie sind wohlmeinend. Sie haben ihr Lager an den Ufern eines jener Nebenflüßchen aufgeschlagen, wo sie Schilfrohr pflücken und es in Gift tauchen, mit durchnäßtem Haar und gelb getönter Haut, und woher sie ab und an wieder herauskommen, um ihre Pfeile den Behäbigen in die Flanken zu pflanzen; so sind die Wohlmeinenden.

»Ihre Geschosse brennen. Das, und dann der Rheumatismus –«

»Ist der Professor schon gegangen? Der arme Alte!«

»Aber wie kann er in seinem Alter immer noch über das verfügen, was wir in unserem bereits verlieren. Ich meine –«

»Ja?«

»Erinnerst du dich nicht, wie in der frühen Kindheit beim Spielen oder Reden, wenn man über die Pfütze sprang oder das Fenster auf dem Treppenabsatz erreichte, irgendein unmerklicher Schock das Universum zu einer festen Kristallkugel erstarren ließ, die man einen Augenblick lang in Händen hielt – ich habe so etwas wie einen mystischen Glauben, daß die gesamte Zeit, die Vergangenheit und die Zukunft auch, die Tränen und die zu Staub gewordene Asche von Generationen zu einer Kugel geronnen; dann wären wir absolut und vollständig; dann wäre nichts ausgelassen, das wäre Gewißheit –

Glück. Nur später, wenn man diese Kristallkugeln in den Händen hält, lösen sie sich auf: jemand redet von Negern. Sieh nur, was dabei herauskommt, wenn man zu sagen versucht, was man meint! Unsinn!«

»Genau! Doch wie traurig steht's um den Sinn! Was für eine unermeßliche Selbstverleugnung er darstellt! Hör mal einen Augenblick hin. Heb von den Stimmen eine heraus. Jetzt. ›Nach Indien muß einem das hier arg kalt vorkommen. Überdies sieben Jahre lang. Aber alles Gewohnheitssache.‹ Das ist Sinn. Das ist Übereinkunft. Sie haben ihre Augen auf etwas gerichtet, das jedem Einzelnen unter ihnen erkennbar ist. Sie versuchen nicht länger, nach dem kleinen Funken Licht Ausschau zu halten, dem kleinen purpurfarbenen Schatten, die fruchtbarer Boden sein könnten am Rande des Horizonts, oder auch nur ein schwebender Schimmer auf dem Wasser. Alles ein Kompromiß – alles Sicherheit, der übliche Umgang der Menschen miteinander. Folglich machen wir keine Entdeckungen; wir hören auf zu forschen; wir hören auf zu glauben, daß es noch irgendetwas zu entdecken gäbe. ›Unsinn‹, sagst du; was heißt, daß ich deine Kristallkugel nicht sehen werde; und ich bin halb beschämt, es zu versuchen.«

»Das Gespräch ist ein altes zerrissenes Netz, aus dem die Fische entschlüpfen, sobald man es über sie wirft. Vielleicht ist Schweigen besser. Laß es uns versuchen. Komm ans Fenster.«

»Eine merkwürdige Sache, Schweigen. Der Geist wird zu einer sternenlosen Nacht; und dann gleitet ein Meteor vorbei, strahlend, genau über das Dunkel, und erlischt. Nie bedanken wir uns genug für dieses Vergnügen.«

»Oh ja, wir sind eine undankbare Rasse! Wenn ich nur meine Hand auf der Fensterbank ansehe und bedenke, wieviel Wohltuendes ich in ihr gehalten habe, wie sie Seide berührt hat und Tontöpfe und heiße Mauern, wie sie sich flach auf feuchtes Gras gelegt hat oder sonnenverbrannt den Atlantik durch ihre Finger spritzen ließ, Glockenblumen und Narzissen abgerissen, reife Pflaumen gepflückt hat, nicht eine Sekunde lang, seitdem ich geboren bin, aufgehört hat, mir von heiß und kalt, von Feuchtem oder Trockenem zu berichten, so bin ich bestürzt, daß ich diese wunderbare Verbindung von Fleisch und Nerven dazu benutzen soll, den Mißbrauch des Lebens aufzuschreiben. Doch eben das tun wir. Was mich denken läßt, Literatur ist die Chronik unseres Mißvergnügens.«

»Unsere Überlegenheitsplakette; unser Prioritätsanspruch. Gib zu, du magst die mißvergnügten Leute am liebsten.«

»Ich mag das melancholische Geräusch des fernen Meers.«

»Was soll dieses Melancholie-Gerede auf meiner Abendgesellschaft? Klar, wenn Sie beide flüsternd in einer Ecke stehen –. Aber kommen Sie, ich möchte Sie vorstellen. Dies ist Mr Nevill, der das, was Sie schreiben, schätzt.«

»Wenn es so ist – guten Abend.«

»Irgendwo, der Name der Zeitung fällt mir nicht ein – irgendwas, das eine oder andere von Ihnen – jetzt fällt mir der Titel des Artikels – oder war es eine Erzählung – nicht ein. Sie schreiben doch Erzählungen? Oder schreiben Sie doch Gedichte? So viele von den Freunden, die man hat – und dann erscheint jeden Tag etwas Neues, das – das –«

»Man nicht liest.«

»Tja, so unliebenswürdig es erscheinen mag, ehrlich gesagt, so beschäftigt ich den ganzen Tag bin mit scheußlichen oder vielmehr ermüdenden Dingen – die Zeit, die mir für die Literatur bleibt, verbringe ich –«

»Mit den Toten.«

»Ich konstatiere Ironie in Ihrer Richtigstellung.«[2]

»Neid, nicht Ironie. Der Tod ist von höchster Wichtigkeit. Die Toten schreiben so gut wie die Franzosen, und, aus irgendeinem Grund, kann man sie achten, und fühlen, daß sie, wenngleich ebenbürtig, älter, weiser als unsere Eltern sind; gewiß ist die Beziehung zwischen den Lebenden und Toten die nobelste.«

»Oh ja, wenn Sie das so empfinden, lassen Sie uns von den Toten reden. Von Lamb, Sophokles, de Quincey, Sir Thomas Browne.«

»Sir Walter Scott, Milton, Marlowe.«

»Pater, Tennyson.«

»Sofort, sofort, sofort.«

»Tennyson, Pater.«

»Verriegeln Sie die Tür; ziehen Sie die Vorhänge, damit ich nur

Ihre Augen sehen kann. Ich sinke auf die Knie, ich bedecke mein Gesicht mit den Händen. Ich bete Pater an. Ich bewundere Tennyson.«

»Fahre fort, meine Tochter.«

»Es ist ein Leichtes, seine Fehler zu bekennen. Doch welch Dunkel ist da, tief genug, die eigenen Tugenden zu verbergen? Ich liebe, ich bete an – nein, ich kann Ihnen nicht sagen, was meine Seele zuinnerst verehrt – der Name zittert auf meinen Lippen – es ist Shakespeare.

»Ich erteile Ihnen die Absolution.«

»Und doch wie häufig liest man Shakespeare?«

»Und wie häufig ist die Sommernacht makellos, der Mond aufgegangen, die Räume zwischen den Sternen tief wie der Atlantik, erscheinen die Rosen weiß in der Dunkelheit? Der Geist, bevor er Shakespeare liest –«

»Die Sommernacht. Oh ja, so liest man Shakespeare!«

»Die Rosen nicken –«

»Die Wellen brechen –«

»Über die Felder kommen jene seltsamen Lüftchen von Morgendämmerung, die an den Türen rütteln und ersterben –«

»Und dann, sich zum Schlafen niederlegen, das Bett ist –«

»Ein Schiff! Ein Schiff! Auf dem Meer die ganze Nacht –«

»Und aufrecht dasitzen, die Sterne –«

»Draußen allein mitten im Ozean treibt unser kleines Schiff einsam doch aufrecht dahin, angezogen von dem Zwang der Nordlichter, sicher, eingefangen, löst sich auf, wo die Nacht auf dem Wasser liegt; dort wird es immer kleiner und verschwindet, und wir, untergetaucht, kalt versiegelt wie glatte Steine, weiten wieder die Augen; Sturm, Stoß, Tupfer, Spritzer, Schlafzimmermöbel, und das Vorhanggerassel an der Stange – Ich verdiene meinen Lebensunterhalt – Stellen Sie mich vor! Ach, er kannte meinen Bruder in Oxford.«

»Und Sie auch. Kommen Sie in die Mitte des Zimmers. Hier ist jemand, der sich an Sie erinnert.«

»Als Kind, meine Liebe. Sie trugen rosa Spielhöschen.«

»Der Hund hat mich gebissen.«

»So gefährlich, Stöcke ins Meer zu werfen. Aber Ihre Mutter –«

»Am Strand, neben dem Zelt —«

»Saß lächelnd da. Sie liebte Hunde. — Sie kennen meine Tochter? Das ist ihr Mann. — Tray hieß er doch? der große braune, und dann gab es noch einen anderen, kleineren, der den Postboten gebissen hat. Ich kann es vor mir sehen. An was man sich alles erinnert! Aber ich hüte mich —«

»Oh, bitte (Ja, ja, habe geschrieben, ich komme sofort) Bitte, bitte — Zum Kuckuck, Helen, einen zu unterbrechen! Weg ist sie, für immer — zwängt sich durch die Leute, steckt ihren Schal fest, langsam schreitet sie die Stufen hinunter: weg! Die Vergangenheit! Die Vergangenheit! —«

»Ach, aber hör zu. Sag mir; ich habe Angst; so viele Fremde; einige mit Bärten; einige so wunderschön; sie hat die Pfingstrose gestreift; alle Blütenblätter fallen zu Boden. Und wild — die Frau mit den Augen. Die Armenier sterben. Und Zuchthaus. Warum? Und dazu dieses Geschnatter; außer jetzt — Flüstern — wir müssen alle flüstern — hören wir zu — warten wir — aber auf was? Der Lampion hat Feuer gefangen! Paß auf mit der Gaze! Einmal ist eine Frau so umgekommen. Man erzählt, der Schwan sei aufgeschreckt.«

»Helen hat Angst. Diese Papierlampions fangen Feuer, und durch die offenen Fenster bläht die Brise unsere Volants. Ich habe aber keine Angst vor dem Feuer, weißt du. Es ist der Garten — ich meine die Welt. Das schreckt mich. Diese kleinen Lichter da draußen, alle mit einem Kranz von Erde darunter — Hügel und Städte; dann die Schatten; der Flieder in Aufruhr. Halt dich hier nicht mit Gerede auf. Laß uns weggehen. Durch den Garten; deine Hand in meiner.«

»Hinweg. Der Mond ist dunkel über dem Moor. Hinweg, wir werden gegen sie ankämpfen, gegen diese von Bäumen gekrönten Wellen der Dunkelheit, die steigen für alle Zeit, einsam und dunkel. Die Lichter steigen und fallen; das Wasser ist dünn wie Luft; der Mond dahinter. Sinkst du? Steigst du? Siehst du die Inseln? Mit mir allein.«

# Beileid

Hammond, Humphry, den 29. April, auf dem Manor, High Wickham, Bucks. – Celias Mann! Es muß Celias Mann sein. Tot! Ach mein Gott! Humphry Hammond tot! Ich hatte sie bitten wollen – ich hab's vergessen. Warum bin ich nicht zu ihnen gegangen, an dem Tag, als sie wollten, daß ich zu ihnen komme? Es gab ein Konzert, und es wurde Mozart gespielt – deshalb hab ich sie versetzt. An dem Abend, als sie hier zum Essen waren, hat er kaum gesprochen. Da saß er in dem gelben Lehnstuhl da gegenüber: er sagte, daß er vor allem Möbel möge. Was meinte er? Warum hab ich nichts gesagt, damit er es erkläre? Wieso hab ich ihn mit all dem Ungesagten, das er hätte sagen können, ziehen lassen? Warum saß er so lange schweigend da und ließ uns im Vestibül über Autobusse reden? Wie unverstellt ich ihn jetzt vor mir sehe und mir diese Schüchternheit vorstellen kann, oder das Gefühl, etwas zu meinen, das er nicht ausdrücken konnte, und das ihn veranlaßte innezuhalten, als er das von dem »Mögen der Möbel« gesagt hatte. Nun, ich werde es nie erfahren. Jetzt sind die rosigen Wangen bleich und die Augen mit dem Jünglingsblick von Entschlossenheit und Trotz sind geschlossen, trotzig noch unter den Lidern. Männlich und starrköpfig steif liegt er auf seinem Bett, so daß ich es weiß und steil vor mir sehe; geöffnet die Fenster, die Vögel singen, kein Todeszugeständnis; keine Tränen, keine Sentimentaliät, ein Strauß Lilien, da wo das Laken Falten wirft vielleicht, verstreut – von seiner Mutter oder von Celia. –

Celia. Ja... Ich sehe sie, und dann wieder nicht. Es gibt einen Augenblick, den ich mir nicht vorstellen kann: den Augenblick, den man im Leben anderer Menschen immer ausläßt; den Augenblick, von dem alles, woran wir sie kennen, ausgeht; ich begleite sie zu seiner Tür; ich sehe, wie sie den Knauf dreht; dann kommt der blinde Augenblick, und wenn meine Vorstellungskraft wieder die Augen öffnet, sehe ich sie ausstaffiert für die Welt – eine Witwe; oder ist sie in den frühen Morgenstunden nicht von Kopf bis Fuß in Weiß gehüllt, als ob das Licht selbst sich an ihrer Stirn bräche? Das äußere Zeichen sehe ich und werde ich immer sehen; nur über seine Bedeutung werde ich nichts als rätseln. Neidvoll werde ich ihre Schweigepausen und ihre Strenge bemerken; ich werde sie beobachten, wie sie sich unter uns mit ihrem nie preisgegebenen Geheimnis bewegt; ich stelle sie mir vor, wie sie ungeduldig auf den Anbruch der Nacht, ihrer einsamen Reise, wartet; ich werde mir ausmalen, wie sie zum Tagewerk bei uns landet, verächtlich und duldsam unseren Amusements gegenüber. Mitten im Lärm, werde ich denken, hört sie mehr; die Leere hat für sie ihre eigene Gespenstischkeit. Um all das werde ich sie beneiden. Ich werde sie um ihre Sicherheit beneiden – das Wissen. Doch der weiße Schleier fällt, während die Sonne stärker wird, von ihrer Stirn, und sie tritt ans Fenster. Die Karren rattern die Straße herunter, und die Männer stehen kerzengrade zum Lenken, Pfeifen, Singen oder Einanderanschreien.

Jetzt sehe ich sie genauer. Ihre Wangen haben wieder Farbe bekommen, aber die rosige Frische ist dahin; der Schleier, der ihren Blick sanft und unbestimmt aufleuchten ließ, ist aus ihren Augen gerieben; das Getümmel des Lebens klingt grell für sie, und wie sie da am offenen Fenster steht, zieht sie sich in sich zusammen und schrumpft. Da kann ich ihr folgen; jetzt ohne Neid. Schrumpft sie nicht durch die Hand, die ich ihr hinstrecke? [Wir sind alle Räuber; alle grausam; alle Tropfen in einem Strom, der gleichgültig hinter ihr herfließt. Ich könnte mich hinausstürzen zu ihr, doch nur um wieder zurückgezogen zu werden und wieder geschwind dahinzufließen mit dem Strom. Das Mitleid, das mir gebietet, ihr meine Hand zum Biß zu reichen, ist, oder wird eine Regung voll Erbarmen sein, deren Großmütigkeit ihr verächtlich erscheint.][1] Augenblicklich ruft sie zu der Frau nebenan, die die Fußmatten ausschüttelt, hinüber, »Ein herrlicher Morgen!« Die Frau schreckt hoch und sieht zu ihr hin, nickt und eilt ins Haus. Sie starrt auf die Obstblüten, die auf dem roten Gemäuer verteilt sind, und stützt den Kopf in die Hand. Die Tränen fallen herunter; aber mit den Fingerknöcheln reibt sie sich die Augen. Ist sie vierundzwanzig? – höchstens fünfundzwanzig. Kann man ihr vorschlagen – eine Tageswanderung in den Hügeln? Unsere Stiefel schlagen kräftig auf der Landstraße auf, so ziehen wir los, überspringen den Zaun und dann weiter quer feldein hinauf in den Wald. Da stürzt sie sich auf die Anemonen und pflückt sie »für Humphry«; und beherrscht sich, sagt, daß sie am Abend frischer sein würden. Wir setzen uns nieder und schauen auf das Dreieck des gelbgrünen Feldes unter uns, durch den Bogen der Brombeerzweige hindurch, der sie so eigenartig teilt.

»Was glaubst du?« fragt sie plötzlich, (stelle ich mir vor) an einem Blumenstengel suckelnd. »Nichts – nichts«, antworte ich, wider meine Absicht dazu gereizt, kurz angebunden zu reden. Sie runzelt die Stirn, wirft ihre Blume weg und springt auf. Ein bis zwei Yards schreitet sie vorweg und schwingt sich dann stürmisch über einen niedrigen Ast, um im Schoß eines Baumes in das Nest einer Drossel zu gucken.

»Fünf Eier!« ruft sie. Und wieder rufe ich kurz angebunden zurück, »Wie lustig!«

Aber das stelle ich mir alles vor. Ich bin nicht mit ihr im Zimmer, noch draußen im Wald. Ich bin hier in London, stehe am Fenster, die *Times* in den Händen. Nur wie der Tod alles verwandelt hat! – wie bei einer Sonnenfinsternis die Farben schwinden und die Bäume papieren und aschgrau aussehen, während der Schatten vorüberzieht. Die kühle kleine Brise ist spürbar und das Geheul des Verkehrs ertönt über einem Abgrund. Dann, einen Augenblick später, sind Entfernungen überbrückt, die Laute verschluckt; und während ich schaue, werden die Bäume, auch wenn sie noch bleich sind, zu Hütern und Wächtern; der Himmel baut seinen zartfarbenen Hintergrund auf; und alles entrückt, als ob es in der Morgendämmerung auf den Bergesgipfel gehoben worden sei. Der Tod hat das vollbracht; der Tod liegt hinter Blättern und Häusern und dem heraufzitternden Rauch, der sie in seiner Gelassenheit zu etwas Stillem verwoben hat, bevor er wieder eine der Verstellungen des Lebens angenommen hat. So habe ich von einem Schnellzug aus über Hügel und Felder geschaut und den Mann mit der Sichel von der Hecke aufblicken sehen, während wir vorbeifahren, und Liebende, die in dem hohen Gras liegen, mich ohne Verstellung anstarren, sehen, wie auch ich sie ohne Verstellung angestarrt habe. Irgendeine Bürde ist abgefallen; irgendein Hindernis ist beseitigt worden. Unbeschwert streifen meine

Freunde in dieser dünnen Luft dunkel über den Horizont, alle erfüllt von dem Wunsch nach Güte, zartfühlend weichen sie mir aus und treten weg vom Rand der Welt in das Schiff, das wartet, um sie in den Sturm oder die heitere Gelassenheit zu tragen. Mein Auge ist nicht fähig, zu folgen. Doch einer nach dem anderen gleitet mit Abschiedsküssen und Gelächter, süßer als je, dahin, an mir vorbei, um für immer davonzusegeln; schön gruppiert marschieren sie hinunter an den Rand des Wassers, als ob das schon immer ihre Richtung gewesen sei, während wir lebten. Jetzt werden all unsere Spuren von Anfang an sichtbar, schweifen ab, zweigen ab, um dann hier unter der feierlichen Platane zusammenzutreffen, unter dem Himmel, so zart, und die Räder und Schreie tönen mal hoch, mal tief in Harmonie.

Der einfache junge Mann, den ich kaum kannte, hatte also in sich die ungeheuerliche Macht des Todes geborgen. Er hatte die Grenzlinien überschritten und die abgetrennten Wesen durch sein Nichtmehrsein vereinigt – da in dem Zimmer mit den geöffneten Fenstern und dem Gesang der Vögel draußen. Er hat sich stillschweigend zurückgezogen, und wenn auch seine Stimme ein Nichts war, so ist sein Schweigen tiefgründig. Er hat sein Leben wie einen Umhang vor uns ausgebreitet, damit wir darübertreten. Wohin führt er uns? Wir kommen an den Rand und halten Ausschau. Aber er ist weit über uns hinaus; er entschwindet in den fernen Himmel; uns bleibt das zarte Grün und das Blau des Himmels; doch transparent wie die Welt ist, will er gar nichts davon haben; er hat sich von uns, die wir an der absoluten Grenze des Bannkreises versammelt sind, abgewandt; er schwindet, indem er die Dämmerung zerreißt. Er ist fort. Wir müssen also zurückgehen.

Die Platane schüttelt ihre Blätter, verstreut Lichtflocken in den tiefen Dunsttümpel, in dem sie steht; die Sonne schießt stracks durch die Blätter auf das Gras; die Geranien glühen rot auf der Erde. Ein Schrei ertönt links von mir, und noch einer, schroff und gespalten, rechts. Räder rollen abzweigend, Omnibusse ballen sich im Konflikt; die Uhr beteuert mit zwölf entschiedenen Schlägen, daß Mittag ist.[2]

Muß ich also zurückgehen? Muß ich sehen, wie der Horizont sich entzieht, der Berg sinkt und die gemeinen, starken Farben wiederkehren? Nein, nein. Humphry Hammond ist tot. Er ist tot – die weißen Laken, der Duft von Blumen – die eine Biene im Zimmer, herumsummend und schon wieder draußen. Wo geht es danach hin? Da sitzt eine auf der Campanula; aber findet keinen Honig dort, und probiert's folglich mit dem Goldlack, aber wie soll man in diesen uralten Londoner Gärten auf Honig hoffen? Die Erde muß so trokken sein wie Salzkörner, die auf große eiserne Abflußrohre und Tunnelwindungen gestreut sind. – Aber Humphry Hammond! Tot! Ich muß den Namen in der Zeitung noch einmal lesen; zu meinen Freunden will ich zurückkehren; so schnell will ich sie nicht im Stich lassen; er starb am Dienstag, vor drei Tagen, plötzlich, zwei Krankheitstage; und dann aus und vorbei, die große Todesoperation. Aus und vorbei; vielleicht liegt die Erde schon über ihm; und die Leute haben ihre Richtung ein wenig geändert; wenngleich einige, die noch nichts erfahren haben, noch Briefe an ihn richten; aber die Kuverts auf dem Dielentisch sehen schon etwas älter aus. Mir kommt es vor, als sei er seit Wochen tot, seit Jahren; wenn ich an ihn denke, sehe ich ihn nur spärlich, und dieser Ausspruch, daß er Möbel möge, bedeutet ganz und gar nichts. Und doch ist er gestorben; das Äußerste, zu dem er fähig war, hinterläßt bei mir jetzt kaum noch irgendeine Empfindung. Entsetzlich! Entsetzlich! so gefühllos zu sein. Da ist der gelbe Lehnstuhl, in dem er gesessen hat, abgenutzt, aber immer noch stabil genug, um uns alle zu überleben; und der Kaminsims, übersät mit Glas und Silber, aber er ist kurzlebig wie das staubige Licht, das die Wand und den Teppich streift. So wird die Sonne auf Glas und Silber scheinen an dem Tag, an dem ich sterbe. Die Sonne wirft Streifen von Millionen von Jahren in die Zukunft; ein breiter gelber Pfad; er führt über eine endlose Strecke, über dieses Haus und diese Stadt hinaus; er führt so weit, daß nichts übrigbleibt als das Meer, das sich mit seinem unendlichen Kräuseln unter dem Sonnenlicht hinzieht. Humphry Hammond – wer war Humphry Hammond? – ein eigenartiger Laut, einmal gedreht, einmal glatt wie eine Muschel.

Dieser gewaltige Ansturm! Die Post! Die weißen Quadrätchen mit schwarzen gekritzelten Zeichen darauf. »Mein Schwiegervater... zum Abendessen...« Ist sie wahnsinnig, von ihrem Schwiegervater zu sprechen? Sie trägt noch immer den weißen Schleier; das Bett ist weiß und steil; die Lilien – das geöffnete Fenster – die Frau, die draußen die Fußmatten ausklopft. »Humphry kümmert sich um das Geschäft«, Humphry – wer ist tot? – »vermutlich werden wir das große Haus beziehen.« Das Totenhaus? »wo du uns besuchen mußt. Ich werde nach London kommen, um Trauerkleidung zu kaufen.« Oh, sag bloß nicht, er lebt noch! Oh je, warum hast du mich getäuscht?[3]

# Ein Verein

So fing alles an. Sechs oder sieben von uns saßen eines Tages nach dem Tee. Einige sahen über die Straße in die Schaufenster einer Putzmacherin, wo das Licht immer noch hell auf scharlachrote Federn und goldene Pantoffeln schien. Andere waren müßig damit beschäftigt, kleine Türmchen aus Zucker am Rand des Teetabletts aufzuschichten. Nach einer Weile, soweit ich mich erinnern kann, setzten wir uns im Kreis ums Feuer und fingen wie üblich an, die Männer zu preisen – wie stark, wie edel, wie brillant, wie mutig, wie schön sie wären – wie wir jene beneideten, denen es mit welchen Mitteln auch immer gelang, sich fürs Leben an einen von ihnen zu binden –, brach Poll, die nichts gesagt hatte, in Tränen aus. Poll, muß ich Ihnen sagen, ist schon immer sonderbar gewesen. Zum einen war ihr Vater ein merkwürdiger Mann. Er hinterließ ihr in seinem Testament ein Vermögen, aber unter der Bedingung, daß sie sämtliche Bücher in der Londoner Bibliothek läse. Wir trösteten sie so gut wir konnten; aber wir wußten in unseren Herzen, wie vergeblich es war. Denn obwohl wir sie gern haben, ist Poll keine Schönheit; bindet ihre Schnürsenkel nie zu; und muß gedacht haben, während wir die Männer priesen, daß kein einziger von ihnen je den Wunsch haben würde, sie zu heiraten. Zu guter Letzt trocknete sie ihre Tränen. Eine ganze Weile konnten wir aus dem, was sie sagte, nicht klug werden. Es war auch wahrhaftig merkwürdig genug. Sie sagte uns, daß sie, wie wir wüßten, den größten Teil ihrer Zeit in der Londoner Bibliothek verbrachte, und las. Sie hatte, sagte sie, mit englischer Literatur ganz oben angefangen; und arbeitete sich stetig hinab zur *Times* ganz unten. Und jetzt, als sie halb, oder vielleicht auch nur ein Viertel, durch war, war etwas Schreckliches passiert. Sie konnte nicht mehr lesen. Bücher waren nicht das, für was wir sie hielten. »Bücher«, rief sie, erhob sich und sprach mit solch eindringlicher Trostlosigkeit, daß ich es nie vergessen werde, »sind zum größten Teil unsäglich schlecht!«

Natürlich riefen wir aus, daß Shakespeare Bücher schrieb, und Milton und Shelley.

»Oh ja«, unterbrach sie uns. »Ihr seid gebildet, wie ich sehe. Aber ihr seid nicht Mitglieder der Londoner Bibliothek.« Hier fing sie erneut an zu schluchzen. Zuletzt erholte sie sich ein wenig und schlug eines von dem Stapel von Büchern auf, den sie immer mit sich herumtrug – »Von einem Fenster« oder »In einem Garten« oder so ähnlich hieß es, und es war geschrieben von einem Mann namens Beton oder Henson oder etwas in der Art. Sie las die ersten paar Seiten. Wir hörten schweigend zu. »Aber das ist kein Buch«, sagte jemand. Also wählte sie ein anderes. Dieses Mal war es eine Geschichte, aber ich habe den Namen des Autors vergessen. Unsere Unruhe wuchs, als sie fortfuhr. Nicht ein Wort davon schien wahr zu sein, und der Stil, in dem es geschrieben war, war abscheulich.

»Lyrik! Lyrik!« riefen wir, ungeduldig. »Lies uns Lyrik!« Ich kann die Trostlosigkeit nicht beschreiben, die uns überfiel, als sie ein kleines Bändchen aufschlug und die langatmigen, sentimentalen Albernheiten von sich gab, die es enthielt.

»Es muß von einer Frau geschrieben sein«, brachte eine von uns vor. Aber nein. Sie sagte uns, es sei von einem jungen Mann geschrieben, einem der berühmtesten Dichter der Zeit. Ich überlasse es Ihnen sich vorzustellen, was für ein Schock diese Entdeckung war. Obwohl wir alle jammerten und sie anflehten, nicht weiterzulesen, blieb sie fest und las uns Auszüge aus den Lebensläufen der Lordkanzler vor. Als sie fertig war, erhob sich Jane, die älteste und weiseste von uns, und sagte, sie für ihren Teil sei nicht überzeugt.

»Wenn Männer«, fragte sie, »einen derartigen Unsinn wie diesen hier schreiben, warum sollten unsere Mütter dann ihre Jugend damit vergeudet haben, sie in die Welt zu setzen?«

Wir alle schwiegen; und in der Stille konnte man die arme Poll aufschluchzen hören, »Warum, warum hat mein Vater mir das Lesen beigebracht?«

Clorinda war die erste, die wieder zur Besinnung kam. »Es ist allein unser Fehler«, sagte sie. »Wir alle können lesen. Aber nicht eine von uns, mit Ausnahme von Poll, hat sich je die Mühe gemacht, es zu tun. Ich für mein Teil habe es als selbstverständlich hingenommen, daß es die Pflicht einer Frau ist, ihre Jugend damit zu verbringen, Kinder zu gebären. Ich betrachtete meine Mutter voller Ehrfurcht, weil sie zehn geboren hat; meine Großmutter noch mehr, weil sie fünfzehn geboren hat; ich selbst, gebe ich zu, hatte den Ehrgeiz, zwanzig zu gebären. Wir haben all die Jahre und Jahrhunderte angenommen, daß Männer gleichermaßen fleißig und ihre Werke gleichermaßen verdienstvoll seien. Während wir die Kinder geboren haben, haben sie, nahmen wir an, die Bücher und die Bilder geboren. Wir haben die Welt bevölkert. Sie haben sie zivilisiert. Aber jetzt, wo wir lesen können, was hindert uns daran, die Ergebnisse zu beurteilen? Bevor wir ein weiteres Kind in die Welt setzen, müssen wir schwören, daß wir herausfinden werden, wie die Welt ist.«

Also machten wir aus uns einen Verein zum Stellen von Fragen. Eine von uns sollte ein Kriegsschiff aufsuchen; eine andere sollte sich im Arbeitszimmer eines Gelehrten verstecken; eine andere sollte an einer Tagung von Geschäftsleuten teilnehmen; während alle Bücher lesen, Bilder ansehen, in Konzerte gehen, die Augen auf der Straße offenhalten und fortwährend Fragen stellen sollten. Wir waren sehr jung. Sie können sich ein Urteil über unsere Einfalt bilden, wenn ich Ihnen sage, daß wir, bevor wir uns an jenem Abend trennten, vereinbarten, daß die Ziele des Lebens waren, gute Menschen und gute Bücher zu produzieren. Unsere Fragen sollten darauf gerichtet sein herauszufinden, wieweit diese Ziele jetzt von Männern erreicht wären. Wir gelobten feierlich, daß wir kein einziges Kind gebären würden, bevor wir zufrieden wären.

Und los zogen wir, einige ins Britische Museum; andere zur königlichen Kriegsmarine; einige nach Oxford; andere nach Cambridge; wir besuchten die Royal Academy und die Tate; hörten moderne Musik in Konzertsälen, gingen an die Gerichtshöfe und sahen neue Theaterstücke. Keine ging zum Essen aus, ohne ihrem Partner gewisse Fragen zu stellen und seine Antworten sorgfältig zu notieren. Gelegentlich trafen wir uns und verglichen unsere Beobachtungen. Oh, das waren lustige Zusammenkünfte! Nie habe ich soviel gelacht wie ich es tat, als Rose ihre Notizen über »Ehre« vorlas und beschrieb, wie sie sich als äthiopischer Prinz verkleidet hatte und an Bord eines der Schiffe Seiner Majestät gegangen war.[1] Als der Kapitän den Schwindel entdeckte, suchte er sie (die nun als Privatmann verkleidet war) auf und verlangte, daß der Ehre Genüge getan werde. »Aber wie?« fragte sie. »Wie?« bellte er. »Mit dem Stock natürlich!« Da sie sah, daß er vor Zorn außer sich war, und sie erwartete, daß ihr letztes Stündlein geschlagen hatte, bückte sie sich und erhielt, zu ihrem Erstaunen, sechs leichte Klapse auf das Hinterteil. »Die Ehre der britischen Kriegsmarine ist gerächt!« rief er, und, sich aufrichtend, sah sie, wie er ihr mit schweißüberströmtem Gesicht eine zitternde rechte Hand entgegenstreckte. »Hinweg!« rief sie aus, und warf sich in Positur und ahmte die Wildheit seines eigenen Ausdrucks nach. »Meiner Ehre muß immer noch Genüge getan werden!« »Gesprochen wie ein Gentleman«, gab er zurück und versank in tiefes Nachdenken. »Wenn sechs Schläge die Ehre der königlichen Kriegsmarine rächen«, sinnierte er, »wie viele rächen dann die Ehre eines Privatmannes?« Er sagte, es sei ihm lieber, den Fall seinen Mitoffizieren darzulegen. Sie erwiderte hochmütig, sie könne nicht warten. Er lobte ihr Feingefühl. »Lassen Sie mich nachdenken«, rief er plötzlich. »Hatte Ihr Vater eine Kutsche?« »Nein«, sagte sie. »Oder ein Reitpferd?« »Wir hatten einen Esel«, besann sie sich, »der die Mähmaschine zog.« Daraufhin hellte sein Gesicht sich auf. »Der Name meiner Mutter —« fügte sie hinzu. »Um Gottes willen, Mann, erwähnen Sie bloß nicht den Namen Ihrer Mutter!« kreischte er, zitternd wie Espenlaub und bis an die Haarwurzeln rot werdend, und es dauerte mindestens zehn Minuten, bevor sie ihn dazu bewegen konnte, fortzufahren. Zu guter Letzt verfügte er, wenn sie ihm viereinhalb Schläge auf den verlängerten Teil des Rückens versetzen würde, auf eine Stelle, die er selbst ihr zeigte (der halbe Schlag, sagte er, ein Zugeständnis in Anerkennung der Tatsache, daß der Onkel ihrer Urgroßmutter bei Trafalgar gefallen war), ihre Ehre seiner Meinung nach wieder so gut wie neu sei. Dies wurde getan; sie zogen sich in ein Restaurant zurück; tranken zwei Flaschen Wein, wobei er darauf bestand, sie zu bezahlen; und trennten sich mit Beteuerungen ewiger Freundschaft.

Dann hatten wir Fannys Bericht über ihren Besuch der Gerichtshöfe. Bei ihrem ersten Besuch war sie zu dem Schluß gekommen, daß die Richter entweder aus Holz gemacht waren oder verkörpert wurden von großen, Menschen ähnelnden Tieren, denen man beigebracht hatte, sich mit äußerster Würde zu bewegen, zu nuscheln und mit den Köpfen zu nicken. Um ihre Theorie zu prüfen, hatte sie ein Taschentuch voller Schmeißfliegen im kritischen Augenblick einer Verhandlung freigelassen, war jedoch nicht in der Lage zu beurteilen, ob die Geschöpfe Zeichen der Menschlichkeit von sich gaben, denn das Summen der Fliegen rief einen so tiefen Schlaf hervor, daß sie erst aufwachte, um noch zu sehen, wie die Gefangenen in die Zellen im Keller geführt wurden. Nach den Beweisen, die sie brachte, stimmten wir jedoch dafür, daß es unfair sei anzunehmen, daß die Richter Menschen sind.

Helen ging zur Royal Academy, als sie jedoch aufgefordert wurde, ihren Bericht über die Bilder vorzutragen, fing sie an, aus einem blaßblauen Bändchen zu rezitieren, »Ach! um die Berührung einer verschwundenen Hand und den Klang einer Stimme, die schweigt.[2] Heim ist der Jäger, heim aus den Hügeln.[3] Er gab seinen Zügeln einen Ruck.[4] Liebe ist süß, Liebe ist kurz.[5] Der Frühling, der helle Frühling, ist des Jahres liebreizender König.[6] Ach! in England zu sein, nun der April gekommen ist.[7] Männer müssen arbeiten und Frauen müssen weinen.[8] Der Pfad der Pflicht ist der Weg zum Ruhm –«[9] Wir konnten uns nicht mehr von diesem Kauderwelsch anhören.

»Wir wollen keine Lyrik mehr!« riefen wir.

»Töchter Englands!« fing sie an, aber an dieser Stelle zogen wir sie zu Boden, wobei im Verlauf des Handgemenges eine Vase mit Wasser über sie verschüttet wurde.

»Dem Himmel sei Dank!« rief sie aus und schüttelte sich wie ein Hund. »Jetzt werde ich mich auf dem Teppich kugeln und sehen, ob ich nicht das, was vom Union Jack übriggeblieben ist, von mir abstreifen kann. Vielleicht dann –« hier kugelte sie sich heftig. Dann stand sie auf und fing an, uns zu erklären, was es mit modernen Bildern auf sich hat, als Castalia sie unterbrach.

»Welches ist die durchschnittliche Größe eines Bildes?« fragte sie.
»Vielleicht zwei auf zweieinhalb Fuß«, sagte sie. Castalia machte sich Notizen, während Helen sprach, und als sie fertig war und wir versuchten, den Blicken der anderen nicht zu begegnen, stand sie auf

und sagte, »Auf euren Wunsch habe ich die letzte Woche in Oxbridge verbracht, verkleidet als Putzfrau. Auf diese Weise hatte ich Zugang zu den Räumen mehrerer Professoren und will nun versuchen, euch eine Vorstellung zu geben – nur«, brach sie ab, »weiß ich nicht, wie ich das machen soll. Es ist alles so sonderbar. Diese Professoren«, fuhr sie fort, »leben in großen Häusern, die rund um Rasenflächen errichtet sind, jeder in einer Art Zelle für sich allein. Dennoch haben sie jede Annehmlichkeit und jeden Komfort. Man muß nur einen Knopf drücken oder eine kleine Lampe anmachen. Ihre Papiere sind wunderschön geordnet. Bücher gibt es im Überfluß. Es gibt keine Kinder oder Tiere, mit Ausnahme von einem halben Dutzend streunender Katzen und einem betagten Dompfaff – ein Männchen. Ich erinnere mich«, brach sie ab, »an eine Tante von mir, die in Dulwich lebte und Kakteen hielt. Man erreichte den Wintergarten durch den doppelten Salon, und dort, auf den heißen Rohren, waren Dutzende von ihnen, häßliche, gedrungene, stachelige kleine Pflanzen, jede in ihrem eigenen Topf. Alle hundert Jahre einmal blühe die Aloe, sagte meine Tante. Aber sie starb, bevor es soweit war –« Wir sagten, sie solle beim Thema bleiben. »Nun gut«, fuhr sie fort, »als Professor Hobkin ausgegangen war, untersuchte ich sein Lebenswerk, eine Ausgabe der Sappho. Es ist ein sonderbar aussehendes Buch, sechs oder sieben Zoll dick, aber nicht alles von Sappho. Oh nein. Das meiste davon ist eine Verteidigung von Sapphos Keuschheit, die irgendein Deutscher in Abrede gestellt hatte, und ich kann euch versichern, daß die Leidenschaft, mit der diese beiden Herren sich stritten, die Gelehrsamkeit, die sie an den Tag legten, die ungeheure Findigkeit, mit der sie über den Gebrauch irgendeines Gerätes disputierten, das für mich ganz genau wie eine Haarnadel aussah, mich erstaunten; vor allem, als die Tür aufging und Professor Hobkin höchstpersönlich erschien. Ein sehr netter, sanfter alter Herr, aber was konnte *er* schon von Keuschheit wissen?« Wir mißverstanden sie.

»Nein, nein«, protestierte sie, »ich bin sicher, er ist die Seele der Ehrbarkeit – nicht die geringste Ähnlichkeit mit Roses Seekapitän. Ich habe eher an die Kakteen meiner Tante gedacht. Was könnten *sie* von Keuschheit wissen?«

Wieder sagten wir, sie solle nicht vom Thema abweichen – trugen die Professoren von Oxbridge dazu bei, gute Menschen und gute Bücher zu produzieren? – die Ziele des Lebens.

»Da!« rief sie aus. »Es ist mir nicht einmal eingefallen, zu fragen. Ich bin nicht einmal darauf gekommen, daß sie eventuell etwas produzieren könnten.«

»Ich glaube«, sagte Sue, »daß du einen Fehler gemacht hast. Wahrscheinlich war Professor Hobkin ein Gynäkologe. Ein Gelehrter ist eine gänzlich andere Art Mann. Ein Gelehrter besitzt Humor und Schöpferkraft im Übermaß – vielleicht einen Hang zum Wein, aber was schadet das schon? – ein entzückender Gesellschafter, großzügig, feinfühlig, phantasievoll – wie jeder weiß, der auch nur einen Funken Verstand besitzt. Denn er verbringt sein Leben in der Gesellschaft der hervorragendsten menschlichen Wesen, die es je gab.«

»Hm«, sagte Castalia. »Vielleicht gehe ich besser zurück und versuche es noch einmal.«

Ungefähr drei Monate später traf es sich, daß ich alleine saß, als Castalia eintrat. Ich weiß nicht, was an ihrem Anblick mich so bewegte; aber ich konnte mich nicht zurückhalten, lief quer durch das Zimmer und nahm sie in meine Arme. Sie war nicht nur sehr schön; sie schien auch in sehr gehobener Stimmung zu sein. »Wie glücklich du aussiehst!« rief ich aus, als sie sich setzte.

»Ich bin in Oxbridge gewesen«, sagte sie.

»Um Fragen zu stellen?«

»Um sie zu beantworten«, antwortete sie.

»Du hast unser Gelübde doch nicht gebrochen?« sagte ich ängstlich, denn ich bemerkte etwas an ihrer Figur.

»Oh, das Gelübde«, sagte sie beiläufig. »Ich bekomme ein Baby, falls es das ist, was du meinst. Du kannst dir nicht vorstellen«, sprudelte sie hervor, »wie aufregend, wie schön, wie befriedigend –«

»Was ist?« fragte ich.

»Fragen zu – zu – beantworten«, erwiderte sie in einiger Verwirrung. Woraufhin sie mir ihre ganze Geschichte erzählte. Aber in der Mitte eines Berichts, der mich mehr interessierte und fesselte als alles, was ich je gehört hatte, stieß sie den merkwürdigsten Schrei aus, halb ein Keuchen, halb ein Holla –

»Keuschheit! Keuschheit! Wo ist meine Keuschheit!« schrie sie. »Hilfe, Heda! Das Riechfläschchen!«

Es war nichts im Zimmer als ein Glas mit Senf, den ich ihr gerade verabreichen wollte, als sie ihre Fassung wiedererlangte.

»Daran hättest du vor drei Monaten denken sollen«, sagte ich streng.

»Wie wahr«, erwiderte sie. »Es nutzt nicht viel, jetzt daran zu denken. Es war übrigens ein Unglück, daß meine Mutter mich Castalia nennen ließ.«

»Oh, Castalia, deine Mutter!« fing ich an, als sie nach dem Senftiegel griff.

»Nein, nein, nein«, sagte sie und schüttelte den Kopf. »Wenn du selbst eine keusche Frau wärst, hättest du bei meinem Anblick geschrien – wohingegen du durchs Zimmer gelaufen bist und mich in die Arme genommen hast. Nein, Cassandra. Wir sind beide nicht keusch.« Also unterhielten wir uns weiter.

In der Zwischenzeit füllte sich das Zimmer, denn es war der Tag, den wir festgesetzt hatten, um die Ergebnisse unserer Beobachtungen zu diskutieren. Alle, dachte ich, fühlten in Bezug auf Castalia so wie ich. Sie küßten sie und sagten, wie froh sie seien, sie wiederzusehen. Zuletzt, als wir alle versammelt waren, stand Jane auf und sagte, es sei Zeit, zu beginnen. Sie fing an, indem sie sagte, daß wir jetzt seit über fünf Jahren Fragen gestellt hätten, und daß, obwohl die Ergebnisse nicht als schlüssige Beweise gelten könnten – hier schubste Castalia mich an und flüsterte, sie sei sich dessen nicht so sicher. Dann stand sie auf, unterbrach Jane mitten im Satz und sagte:

»Bevor du weitersprichst, möchte ich wissen – darf ich im Zimmer bleiben? Denn«, fügte sie hinzu, »ich muß gestehen, daß ich eine unreine Frau bin.«

Alle sahen sie voller Erstaunen an.

»Du bekommst ein Baby?« fragte Jane.

Sie nickte mit dem Kopf.

Es war seltsam, den unterschiedlichen Ausdruck auf ihren Gesichtern zu sehen. Eine Art Summen ging durch das Zimmer, in dem ich die Worte »unrein«, »Baby«, »Castalia« und so weiter aufschnappen konnte. Jane, die selbst beträchtlich gerührt war, fragte uns:

»Soll sie gehen? Ist sie unrein?«

Ein derartiger Aufschrei füllte das Zimmer, daß man es auf der Straße draußen hätte hören können.

»Nein! Nein! Nein! Sie soll bleiben! Unrein? Blödsinn!« Und doch meinte ich, daß einige von den Jüngsten, Mädchen von neunzehn oder zwanzig, sich zurückhielten, wie von Schüchternheit ergriffen. Dann drängten wir alle um sie herum und fingen an, Fragen zu stellen, und zuletzt sah ich eine von den Jüngsten, die sich im Hintergrund gehalten hatten, schüchtern näherkommen und zu ihr sagen:

»Was ist also Keuschheit dann? Ich meine, ist sie gut, oder ist sie schlecht, oder ist sie überhaupt nichts?« Sie antwortete so leise, daß ich nicht verstehen konnte, was sie sagte.

»Weißt du, ich war schockiert«, sagte eine andere. »Mindestens zehn Minuten lang.«

»Meiner Meinung nach«, sagte Poll, die allmählich vom ständigen Lesen in der Londoner Bibliothek mürrisch wurde, »ist Keuschheit nichts weiter als Unwissenheit – ein höchst schimpflicher Geisteszustand. Wir sollten nur die Unkeuschen in unseren Verein aufnehmen. Ich stimme dafür, daß Castalia unsere Präsidentin wird.«

Dies wurde heftig umstritten.

»Es ist ebenso unfair, Frauen mit Keuschheit wie mit Unkeuschheit zu brandmarken«, sagte Poll. »Manche von uns haben auch nicht die Gelegenheit. Abgesehen davon denke ich nicht, daß Cassy selbst behauptet, daß sie aus reiner Liebe zum Wissen so gehandelt hat, wie sie es tat.«

»Er ist erst einundzwanzig und göttlich schön«, sagte Cassy mit einer hinreißenden Geste.

»Ich beantrage«, sagte Helen, »daß es niemandem erlaubt sein soll, über Keuschheit oder Unkeuschheit zu sprechen, mit Ausnahme derjenigen, die verliebt sind.«

»Ach, verflixt,« sagte Judith, die naturwissenschaftliche Bereiche untersucht hatte, »ich bin nicht verliebt, und ich will endlich meine Maßnahmen zur Entbehrlichmachung von Prostituierten und zur Befruchtung von Jungfrauen per Parlamentsbeschluß erläutern.«

Sie fuhr fort, uns von einer eigenen Erfindung zu erzählen, die in

U-Bahnstationen und anderen öffentlichen Orten aufgestellt werden sollte, und die, nach Zahlung einer kleinen Gebühr, die Gesundheit der Nation schützen, ihren Söhnen entgegenkommen und ihre Töchter von einer Last befreien würde. Außerdem hatte sie sich eine Methode ausgedacht, wie man die Keime zukünftiger Lordkanzler in versiegelten Röhren konservieren konnte, oder die von »Dichtern oder Malern oder Musikern«, fuhr sie fort, »vorausgesetzt, heißt das, daß diese Rassen nicht ausgestorben sind, und daß Frauen immer noch den Wunsch haben, Kinder zu gebären –«

»Natürlich haben wir den Wunsch, Kinder zu gebären!« rief Castalia ungeduldig. Jane klopfte auf den Tisch.

»Genau das ist der Punkt, den zu erwägen wir uns getroffen haben«, sagte sie. »Fünf Jahre lang haben wir versucht herauszufinden, ob wir berechtigt sind, die menschliche Rasse fortzuführen. Castalia hat unsere Entscheidung vorweggenommen. Aber dem Rest von uns bleibt es überlassen, einen Entschluß zu fassen.«

Hier erhoben sich unsere Botinnen eine nach der anderen und trugen ihre Berichte vor. Die Wunder der Zivilisation übertrafen unsere Erwartungen bei weitem, und als wir zum ersten Mal hörten, wie der Mensch durch die Luft fliegt, durch den leeren Raum spricht, in das Herz eines Atoms eindringt und das Universum in seinen Theorien umarmt, brach ein Murmeln der Bewunderung von unseren Lippen.

»Wir sind stolz«, riefen wir, »daß unsere Mütter ihre Jugend für eine Sache wie diese geopfert haben!« Castalia, die aufmerksam zugehört hatte, sah stolzer aus als der ganze Rest. Dann erinnerte Jane uns daran, daß wir immer noch viel zu lernen hatten, und Castalia bat uns, uns zu beeilen. Wir machten weiter mit einem gewaltigen Gewirr von Statistiken. Wir erfuhren, daß England eine Bevölkerung von so vielen Millionen hat, und daß ein so und so großer Teil davon ständig hungrig und im Gefängnis ist; daß die durchschnittliche Größe der Familie eines Arbeiters die und die ist, und daß ein so und so großer Prozentsatz der Frauen im Wochenbett stirbt. Berichte wurden verlesen von Besuchen in Fabriken, Werkstätten, Slums und Schiffswerften. Beschreibungen wurden gegeben von der Börse, von einem gigantischen Geschäftshaus in der Londoner City, und von einer Regierungsbehörde. Die britischen Kolonien wurden nun diskutiert, und es wurde Bericht erstattet über unsere Herrschaft in Indien, Afrika und Irland. Ich saß neben Castalia, und ich bemerkte ihre innere Unruhe.

»Bei dem Tempo kommen wir nie zu einer Schlußfolgerung«, sagte sie. »Da es den Anschein hat, daß die Zivilisation so viel komplexer ist als wir es uns vorgestellt hatten, wäre es da nicht besser, uns auf unsere ursprüngliche Untersuchung zu beschränken? Wir hatten vereinbart, daß es das Ziel des Lebens ist, gute Menschen und gute Bücher zu produzieren. Die ganze Zeit über haben wir über Flugzeuge, Fabriken und Geld geredet. Laßt uns über die Männer selbst sprechen, und ihre Künste, denn das ist der Kern der Sache.«

Also traten die auswärts Essenden mit langen Papierstreifen vor, die die Antworten auf ihre Fragen enthielten. Diese waren nach reiflicher Überlegung formuliert worden. Ein guter Mann, hatten wir vereinbart, mußte auf jeden Fall ehrlich, leidenschaftlich, und uneigennützig sein. Aber ob ein bestimmter Mann diese Qualitäten besaß oder nicht, konnte nur ausfindig gemacht werden, indem man Fragen stellte, die oft in weiter Ferne vom Mittelpunkt anfingen. Lebt es sich in Kensington angenehm? Auf welche Schule geht Ihr Sohn – und Ihre Tochter? Sagen Sie doch bitte, was zahlen Sie für Ihre Zigarren? Übrigens, ist Sir Joseph ein Baronet oder nur ein Knight? Oft schien es, als lernten wir mehr aus trivialen Fragen dieser Art als aus den direkteren. »Ich habe die Pairswürde angenommen«, sagte Lord Bunkum, »weil meine Frau es so wollte.« Ich habe vergessen, wie viele Titel aus demselben Grund angenommen wurden. »Wenn man fünfzehn von den vierundzwanzig Stunden arbeitet, wie ich es tue –« fingen zehntausend berufstätige Männer an.

»Nein, nein, natürlich können Sie weder lesen noch schreiben. Aber warum arbeiten Sie so hart?« »Liebe gnädige Frau, wenn die Familie immer größer wird –« »Aber *warum* wird Ihre Familie größer?« Ihre Frauen wünschten auch dies, oder vielleicht war es das britische Empire. Aber bezeichnender als die Antworten waren die Weigerungen zu antworten. Nur sehr wenige antworteten überhaupt auf Fragen über Moral und Religion, und die Antworten, die gegeben wurden, waren nicht ernstzunehmen. Fragen über den Wert von

Geld und Macht wurden fast unweigerlich beiseite geschoben, oder bei extremem Risiko für die Fragerin herausgepreßt. »Ich bin sicher«, sagte Jill, »wenn Sir Harley Tightboots nicht dabei gewesen wäre, den Hammel zu tranchieren, als ich ihn nach dem kapitalistischen System fragte, hätte er mir die Kehle durchgeschnitten. Der einzige Grund, weshalb wir immer und immer wieder mit dem Leben davongekommen sind, ist, daß Männer gleichzeitig so hungrig und so ritterlich sind. Sie verachten uns zu sehr, um sich an dem zu stoßen, was wir sagen.«

»Natürlich verachten sie uns«, sagte Eleanor. »Aber wie erklärt ihr euch gleichzeitig das – ich habe mich bei den Künstlern erkundigt. Es hat nie eine Frau gegeben, die Künstlerin war, nicht wahr, Poll?«

»Jane-Austen-Charlotte-Brontë-George-Eliot«, rief Poll, wie ein Mann, der in einer Hintergasse Semmeln ausruft.

»Der Teufel soll diese Frau holen«, rief jemand aus. »Was für eine Langweilerin sie ist!«

»Seit Sappho gab es keine Frau erster Klasse –«, fing Eleanor an, aus einer Wochenzeitung zu zitieren.

»Es ist inzwischen wohlbekannt, daß Sappho die einigermaßen unzüchtige Erfindung von Professor Hobkin war«, unterbrach Ruth.

»Jedenfalls gibt es keinen Grund anzunehmen, daß eine Frau je fähig gewesen wäre zu schreiben oder je fähig sein wird, zu schreiben«, fuhr Eleanor fort. »Und trotzdem, wann immer ich unter Schriftstellern bin, hören sie nicht auf, mir von ihren Büchern zu erzählen. Meisterhaft! sage ich, oder Shakespeare persönlich! (denn man muß etwas sagen), und ich versichere euch, sie glauben mir.«

»Das beweist gar nichts«, sagte Jane. Das tun alle. »Nur«, seufzte sie, »es scheint *uns* nicht viel zu helfen. Vielleicht sollten wir besser als nächstes die moderne Literatur untersuchen. Liz, du bist dran.«

Elizabeth erhob sich und sagte, um ihre Ermittlung zu betreiben, hätte sie sich als Mann verkleidet und wäre für einen Rezensenten gehalten worden.

»Ich habe in den letzten fünf Jahren mehr oder weniger kontinuierlich neue Bücher gelesen«, sagte sie. »Mr Wells ist der populärste lebende Schriftsteller; dann kommt Mr Arnold Bennett; dann Mr Compton Mackenzie; Mr McKenna und Mr Walpole[10] können in einer Kategorie zusammengefaßt werden.« Sie setzte sich.

»Aber du hast uns gar nichts gesagt!« protestierten wir. »Oder meinst du, daß diese Herren Jane-Eliot bei weitem übertroffen haben, und daß der englische Roman – wo ist diese Rezension von dir? Ach ja, ›in ihren Händen sicher ist‹.«

»Sicher, ganz sicher«, sagte sie, verlegen von einem Fuß auf den anderen tretend. »Und ich bin sicher, daß sie sogar mehr fortgeben, als sie empfangen.«

Wir alle waren dessen sicher. »Aber«, drängten wir sie, »schreiben sie gute Bücher?«

»Gute Bücher«, sagte sie, zur Decke blickend. »Ihr dürft nicht vergessen«, fing sie an, wobei sie mit sehr großer Schnelligkeit sprach, »daß der Roman der Spiegel des Lebens ist. Und ihr könnt nicht abstreiten, daß Bildung von höchster Bedeutung ist, und daß es höchst ärgerlich wäre, wenn ihr euch spät nachts ganz allein in Brighton wiederfinden würdet, ohne zu wissen, welches die beste Pension ist, um Unterkunft zu finden, und angenommen, es wäre ein verregneter Sonntagabend – wäre es da nicht schön, ins Kino gehen zu können?«

»Aber was hat das damit zu tun?« fragten wir.

»Nichts – nichts – absolut nichts«, antwortete sie.

»Nun, sag uns die Wahrheit«, hießen wir sie.

»Die Wahrheit? Aber ist es nicht wundervoll –«, brach sie ab, »Mr Chitter hat in den letzten dreißig Jahren wöchentlich einen Artikel über Liebe oder heißen, gebutterten Toast geschrieben und alle seine Söhne nach Eton geschickt –«

»Die Wahrheit!« forderten wir.

»Oh, die Wahrheit«, stotterte sie, »die Wahrheit hat nichts mit Literatur zu tun«, und sie setzte sich und weigerte sich, auch nur noch ein Wort zu sagen.

Das alles kam uns sehr wenig überzeugend vor.

»Meine Damen, wir sollten die Ergebnisse zusammenfassen«, fing Jane an, als ein Summen, das schon geraume Zeit durch das offene Fenster zu hören gewesen war, ihre Stimme übertönte.

»Krieg! Krieg! Krieg! Kriegserklärung!« schrien Männer auf der Straße unter uns.

Wir sahen uns entsetzt an.

»Was für ein Krieg?« riefen wir. »Was für ein Krieg?« Zu spät fiel uns ein, daß wir nicht daran gedacht hatten, jemanden ins Unterhaus zu schicken. Das hatten wir völlig vergessen. Wir drehten uns zu Poll um, die die Geschichtsregale der Londoner Bibliothek erreicht hatte, und baten sie, uns aufzuklären.

»Warum«, riefen wir, »gehen Männer in den Krieg?«

»Manchmal aus dem einen Grund, manchmal aus dem anderen«, antwortete sie ruhig. »1760 zum Beispiel —« Die Rufe von draußen übertönten ihre Worte. »Dann wieder 1797 — und 1804 — 1866 waren es die Österreicher — 1870 war der Deutsch-Französische — 1900 dagegen —«

»Aber wir haben 1914!« schnitten wir ihr das Wort ab.

»Ah, ich weiß nicht, weshalb sie jetzt in den Krieg gehen«, gestand sie.


Der Krieg war vorüber und der Frieden dabei, unterzeichnet zu werden, als ich mich noch einmal mit Castalia in dem Zimmer wiederfand, in dem wir unsere Zusammenkünfte abzuhalten pflegten. Wir fingen an, geruhsam die Seiten unserer alten Protokollhefte umzublättern. »Sonderbar«, sinnierte ich, »zu sehen, was wir vor fünf Jahren gedacht haben.« »Wir vereinbaren«, zitierte Castalia, über meine Schulter hinweg lesend, »daß es das Ziel des Lebens ist, gute Menschen und gute Bücher zu produzieren.« *Dazu* gaben wir keinen Kommentar ab. »Ein guter Mann ist auf jeden Fall ehrlich, leidenschaftlich und uneigennützig.« »Was für eine Frauensprache!« bemerkte ich. »Ach je«, rief Castalia und stieß das Heft von sich fort. »Was für Närrinnen wir waren! Es war alles die Schuld von Polls Vater«, fuhr sie fort. »Ich glaube, daß er es mit Absicht gemacht hat, dieses lächerliche Testament, meine ich, Poll zu zwingen, sämtliche Bücher in der Londoner Bibliothek zu lesen. Wenn wir nicht lesen gelernt hätten«, sagte sie bitter, »hätten wir vielleicht immer noch in Unwissenheit Kinder geboren, und das war, glaube ich, doch das glücklichste Leben. Ich weiß, was du über den Krieg sagen willst«, gebot sie mir Einhalt, »und über das Grauen, Kinder zu gebären, nur um zu sehen, wie sie getötet werden, aber unsere Mütter haben es getan, und ihre Mütter, und ihre Mütter vor ihnen. Und *sie* haben sich nicht beklagt. Sie konnten nicht lesen. Ich habe mein Bestes getan«, seufzte sie, »um mein kleines Mädchen daran zu hindern, lesen zu lernen, aber was nützt das schon? Ich habe Ann erst gestern mit einer Zeitung in der Hand ertappt, und sie fing an mich zu fragen, ob es ›wahr‹ sei. Als nächstes wird sie mich fragen, ob Mr Lloyd George ein guter Mensch sei, dann ob Mr Arnold Bennett ein guter Schriftsteller sei, und schließlich, ob ich an Gott glaube. Wie kann ich meine Tochter aufziehen, an nichts zu glauben?« wollte sie wissen.

»Du könntest ihr doch sicher beibringen zu glauben, daß der Intellekt eines Mannes dem einer Frau grundsätzlich überlegen ist und es immer sein wird?« schlug ich vor. Daraufhin hellte ihr Gesicht sich auf, und sie fing wieder an, unsere alten Protokolle durchzublättern. »Ja«, sagte sie, »denk nur an ihre Entdeckungen, ihre Mathematik, ihre Wissenschaft, ihre Philosophie, ihre Gelehrsamkeit –« und dann fing sie an zu lachen, »ich werde den alten Hobkin und die Haarnadel nie vergessen«, sagte sie, und las und lachte weiter, und ich dachte, sie wäre ganz glücklich, als sie das Heft plötzlich von sich warf und herausplatzte, »Oh, Cassandra, warum quälst du mich? Weißt du denn nicht, daß unser Glaube an den Intellekt des Mannes der größte Trugschluß von allen ist?« »Was?« rief ich aus. »Frag jeden Journalisten, Schulmeister, Politiker oder Gastwirt im ganzen Land, und sie werden dir alle sagen, daß Männer bedeutend klüger sind als Frauen.« »Als ob ich daran zweifelte«, sagte sie verächtlich. »Wie könnten sie auch anders? Haben wir sie nicht geboren und gefüttert und für ihre Bequemlichkeit gesorgt von Anbeginn der Zeit, so daß sie klug sein können, selbst wenn sie sonst nichts sind? Es ist alles unsere Schuld!« rief sie. »Wir haben darauf bestanden, Intellekt zu haben, und jetzt haben wir ihn bekommen. Und es ist der Intellekt«, fuhr sie fort, »der dem Ganzen zugrunde liegt. Was könnte entzückender sein als ein Junge, bevor er angefangen hat, seinen Intellekt zu kultivieren? Er ist schön anzusehen; er tut nicht hochgestochen; er versteht die Bedeutung von Kunst und Literatur instinktiv; er freut sich seines Lebens und bringt andere Menschen dazu, sich des ihren zu freuen. Dann bringt man ihm bei, seinen Intellekt zu kultivieren. Er wird Anwalt, Beamter, General, Schriftsteller, Professor. Jeden Tag geht er in ein Büro. Jedes Jahr produziert er ein Buch. Er versorgt eine ganze Familie durch die Produkte seines Verstandes – der arme Teufel! Bald kann er kein Zimmer betreten, ohne daß uns allen unbehaglich zumute wird; er behandelt jede Frau, der er begegnet, von oben herab, und wagt es nicht, die Wahrheit zu sagen, nicht einmal seiner eigenen Frau; statt unsere Augen an ihm zu erfreuen, müssen wir sie schließen, wenn wir ihn in unsere Arme nehmen sollen. Sicher, sie trösten sich mit Sternen aller Formen, Bändern aller Farben, und Einkommen aller Größen – aber was soll *uns* trösten? Daß wir in zehn Jahren in der Lage sein werden, ein Wochenende in Lahore zu verbringen? Oder daß das geringste Insekt in Japan einen Namen zweimal so lang wie sein Körper hat? Oh, Cassandra, laß uns um Himmels willen eine Methode erfinden, durch die Männer Kinder gebären können! Es ist unsere einzige Chance. Denn wenn wir ihnen nicht eine unschuldige Beschäftigung verschaffen, werden wir weder gute Menschen noch gute Bücher bekommen; wir werden zugrunde gehen unter den Früchten ihrer ungezügelten Geschäftigkeit; und kein einziges menschliches Wesen wird überleben, um zu wissen, daß es einst Shakespeare gab!«

»Es ist zu spät«, erwiderte ich. »Wir können ja nicht einmal für die Kinder sorgen, die wir haben.«

»Und dann verlangst du von mir, daß ich an den Intellekt glauben soll«, sagte sie.

Während wir uns unterhielten, riefen auf der Straße Männer heiser und erschöpft, und lauschend hörten wir, daß der Friedensvertrag soeben unterzeichnet worden war.[11] Die Stimmen erstarben. Der Regen fiel und störte zweifellos die korrekte Explosion des Feuerwerks.

»Meine Köchin hat garantiert die *Evening News* gekauft«, sagte Castalia, »und Ann wird sie beim Tee garantiert herunterbuchstabieren. Ich muß nach Hause.«

»Es hat keinen Zweck – überhaupt keinen Zweck«, sagte ich. »Wenn sie erst einmal lesen kann, gibt es nur eins, an das zu glauben du sie lehren kannst – und das ist sie selbst.«

»Das wäre doch einmal etwas anderes«, sagte Castalia.

Und so rafften wir die Papiere unseres Vereins zusammen, und obwohl Ann ganz glücklich und zufrieden mit ihrer Puppe spielte, machten wir ihr das Ganze feierlich zum Geschenk und sagten ihr, wir hätten sie auserwählt, die zukünftige Präsidentin des Vereins zu werden – woraufhin sie in Tränen ausbrach, die arme Kleine.

## Blau & Grün

### Grün

Die spitzigen gläsernen Finger hängen herab. Das Licht gleitet das Glas hinab und hinterläßt eine Lache Grün. Den ganzen Tag hinterlassen die zehn Finger des Lüsters Grün auf dem Marmor. Das Gefieder der Sittiche – ihr harsches Geschrei – die scharfen Klingen der Palmen – grün, auch sie; grüne Nadeln in der Sonne glitzernd. Doch das unerschütterliche Glas tropft weiter auf den Marmor; die Lachen schweben über dem Wüstensand; die Kamele schwanken hindurch; die Lachen lassen sich auf dem Marmor nieder; Binsen umrahmen sie; Unkraut ist im Wege; hier und da eine weiße Blüte; der Frosch macht kehrt; bei Nacht sind die Sterne ungebrochen versammelt. Es wird Abend und der Schatten fegt das Grün über den Kaminsims; die gekräuselte Meeresoberfläche. Schiffe kommen keine; die ziellosen Wellen schaukeln unter dem leeren Himmel. Es ist die Nacht; die Nadeln tropfen blaue Kleckse. Das Grün ist weg.

### Blau

Das stupsnasige Ungetüm steigt an die Oberfläche und speit durch seine stumpfen Nüstern zwei Wassersäulen hoch, die in der Mitte feurig-weiß, in einen Kranz blauer Perlen zerstäuben. Blaue Striche linieren die schwarze Ölplane seiner Haut. Das Wasser durch Maul und Nüstern spülend, sinkt er wieder ab, schwer von Wasser, und das Blau schließt sich über ihm, bespült die blankgeputzten Kiesel seiner Augen. An den Strand geworfen liegt es da stumpf, dumpf, trockene blaue Schuppen rieselnd. Ihr metallisches Blau tönt das rostige Eisen am Strand. Blau sind die Spanten des gestrandeten Ruderboots. Eine Woge schwappt unter den Glockenblumen. Doch das der Kathedrale ist anders, kalt, weihrauchgeschwängert, blaßblau von den Schleiern der Madonnen.

# Ein Frauencollege von außen

Der fedrig-weiße Mond ließ den Himmel nicht dunkel werden; die ganze Nacht waren die Kastanienblüten weiß im Grün, und matt war der Kerbel auf den Wiesen. Weder in die Tartarei noch nach Arabien zog der Wind der Courts von Cambridge, sondern zögerte träumerisch inmitten grau-blauer Wolken über den Dächern von Newnham. Wenn sie Platz brauchte zum Umherwandern, konnte sie ihn unter den Bäumen finden, dort, im Garten; und da nur Frauengesichter ihrem Gesicht begegnen konnten, entschleierte sie es vielleicht ausdruckslos, leer, und sah in Zimmer hinein, in denen um diese Stunde ausdruckslos, leer, Lider weiß über Augen, unberingte Hände auf Laken ausgestreckt, zahllose Frauen schliefen. Aber hier und da brannte noch ein Licht.

Ein zweifaches Licht konnte man sich in Angelas Zimmer vorstellen, sah man, wie hell Angela selbst war, und wie hell ihr Spiegelbild von dem viereckigen Glas zurückgeworfen wurde. Sie ganz war perfekt umrissen – vielleicht die Seele. Denn das Glas hielt ein Bild fest, das nicht zitterte – weiß und golden, rote Hausschuhe, fahles Haar mit blauen Steinen darin, und kein einziges Kräuseln, kein einziger Schatten, um den sanften Kuß Angelas und ihres Spiegelbildes im Glas zu stören, als sei sie glücklich, Angela zu sein. Jedenfalls war der Augenblick glücklich – das helle Bild hing im Herzen der Nacht, der Schrein eingehöhlt in die nächtliche Dunkelheit. Wirklich seltsam, diesen sichtbaren Beweis für die Richtigkeit der Dinge zu haben; diese Lilie, die makellos auf dem Teich der Zeit trieb, frei von Angst, als sei dies genug – dieses Spiegelbild. Welche Überlegung sie verriet, indem sie sich umdrehte, und der Spiegel nichts enthielt, gar nichts, oder nur das Messingbett, und sie, die umhereilte, hier etwas berührte, und wieder wegstürzte, wurde wie eine Frau in einem Haus, und veränderte sich erneut, spitzte die Lippen über einem schwarzen Buch und markierte mit dem Finger, was sicherlich kein Erfassen der Wissenschaft der Ökonomie sein konnte. Bloß war Angela Williams in Newnham, um ihren Lebensunterhalt zu verdienen und konnte nicht einmal in Augenblicken leidenschaftlichster Bewunderung die Schecks ihres Vaters in Swansea vergessen; ihre Mutter, die in der Waschküche wusch: rosa Kittelschürzen zum Trocknen auf der Leine; Symbole dafür, daß selbst die Lilie nicht mehr makellos auf dem Teich treibt, sondern einen Namen auf einer Karte hat wie jemand anderes.

A. Williams – man mag es im Mondlicht lesen; und daneben eine Mary oder Eleanor, Mildred, Sarah, Phoebe auf viereckigen Kärtchen an ihren Türen. Alles Namen, nichts als Namen. Das kühle, weiße Licht bleichte und stärkte sie, bis man meinen konnte, der einzige Zweck all dieser Namen sei es, sich kriegerisch zu erheben, sollte der Ruf an sie ergehen, ein Feuer zu löschen, einen Aufruhr niederzuschlagen oder ein Examen zu bestehen. Dergestalt ist die Macht von auf Karten geschriebenen an Türen gehefteten Namen. Dergestalt auch die Ähnlichkeit, angesichts von Kacheln, Korridoren und Schlafzimmertüren, mit Molkerei oder Nonnenkloster, einem Ort der Abgeschiedenheit oder der Disziplin, wo die Milchschüssel kühl und rein steht und große Weißwäsche gewaschen wird.

In eben diesem Augenblick drang leises Lachen hinter einer Tür hervor. Eine geziert klingende Uhr schlug die Stunde – eins, zwei. Falls die Uhr damit ihre Befehle erteilte, so wurden sie mißachtet. Feuer, Aufruhr, Examen wurden zugeschneit vom Lachen, oder sanft entwurzelt, während der Klang aus den Tiefen aufzuperlen schien und Stunde, Regeln, Disziplin zärtlich verwehte. Das Bett war mit Karten übersät. Sally saß auf dem Boden. Helena im Sessel. Die gute Bertha faltete die Hände am Kamin. A. Williams kam gähnend herein.

»Weil es absolut und unerträglich abscheulich ist«, sagte Helena,
»Abscheulich«, echote Bertha. Und gähnte.
»Wir sind doch keine Eunuchen.«
»Ich habe sie durchs Hintertörchen schleichen sehen, mit diesem alten Hut auf dem Kopf. Sie wollen nicht, daß wir es wissen.«
»Sie?« sagte Angela. »Sie. Singular.«
Dann das Lachen.
Die Karten wurden ausgeteilt, fielen mit ihren roten und gelben

Gesichtern auf den Tisch, und Hände wurden benetzt von Karten. Die gute Bertha, den Kopf an den Sessel gelehnt, seufzte tief. Denn sie hätte bereitwillig geschlafen, aber da die Nacht freies Weideland ist, ein grenzenloses Feld, da die Nacht ungeformter Reichtum ist, muß man sich einen Tunnel in ihre Dunkelheit graben. Man muß sie mit Juwelen behängen. Die Nacht wurde im geheimen geteilt, der Tag von der ganzen Herde verdämmert. Die Jalousien waren hochgezogen. Nebel lag über dem Garten. Während sie vor dem Fenster auf dem Boden saß (und die anderen spielten), schienen Körper, Geist, beide zusammen, durch die Luft geweht zu werden, über die Sträucher zu fächern. Ah, wie sie sich danach sehnte, sich im Bett auszustrecken und zu schlafen! Sie glaubte, niemand sonst fühle wie sie das Bedürfnis zu schlafen; sie glaubte bescheiden – schläfrig – mit plötzlichem Wegnicken und Aufschrecken, daß andere Leute hellwach wären. Als sie alle zusammen lachten, zwitscherte draußen im Garten ein Vogel im Schlaf, als sei das Lachen –

Ja, als sei das Lachen (denn sie döste jetzt) ganz ähnlich wie Nebel hinausgetrieben und hätte sich mit weichen, elastischen Fasern an Pflanzen und Sträucher geheftet, so daß der Garten dunstig und wolkig schien. Und dann würden die Sträucher sich vom Wind zerzaust neigen, und der weiße Dunst über die Welt fortwehen.

Von allen Zimmern, in denen Frauen schliefen, ging dieser Dunst aus, heftete sich an Sträucher, wie Nebel, und wehte dann ungehindert fort ins Weite. Ältere Frauen schliefen, die nach dem Aufwachen sofort den elfenbeinernen Amtsstab ergreifen würden. Jetzt glatt und farblos, in tiefem Schlaf, lagen sie umgeben, lagen sie gestützt von den Körpern der Jugend, die ruhten oder in Gruppen am Fenster standen; in den Garten hinaus dieses perlende Lachen sandten, dieses verantwortungslose Lachen: dieses Lachen von Geist und Körper, das Regeln, Stunden, Disziplin wegschwemmte: unermeßlich befruchtend, doch formlos, chaotisch, wie es dahinfächerte und umherirrte und die Rosensträucher mit dunstigen Fetzen betupfte.

»Ah«, hauchte Angela, die im Nachthemd am Fenster stand. Schmerz lag in ihrer Stimme. Sie steckte den Kopf hinaus. Der Nebel riß auf, als hätte ihre Stimme ihn geteilt. Sie hatte, während die anderen spielten, mit Alice Avery geredet, über Bamborough Castle;

die Farbe des Sands am Abend; woraufhin Alice sagte, sie würde schreiben und den Tag festmachen, im August, und sich niederbeugte und sie küßte, zumindest ihren Kopf mit der Hand berührte, und Angela, der es schlichtweg unmöglich war, stillzusitzen, wie eine, die von einem windgepeitschten Meer in ihrem Herzen besessen ist, streifte im Zimmer umher (dem Zeugen einer derartigen Szene), warf die Arme hoch, um dieser Erregung Luft zu machen, diesem Erstaunen über das unglaubliche Sich-Niederbeugen des Wunderbaums mit der goldenen Frucht an der Spitze – war sie ihr nicht in die Arme gefallen? Sie drückte sie glühend an ihre Brust, etwas, an das man nicht rühren, an das man nicht denken, über das man nicht sprechen durfte, sondern dort glühen lassen mußte. Und dann, als sie langsam ihre Strümpfe dorthin legte, ihre Hausschuhe dahin, den Unterrock ordentlich darüber faltete, erkannte Angela, deren anderer Name Williams lautete – wie sollte sie es ausdrücken? – daß nach dem dunklen Mahlen und Stampfen von Myriaden von Zeitaltern hier das Licht am Ende des Tunnels war; Leben; die Welt. Sie lag unter ihr – rundum gut; rundum liebenswert. Das war ihre Entdeckung.

Wie konnte man da überrascht sein, wenn sie, als sie im Bett lag, die Augen nicht schließen konnte? – etwas schloß sie unwiderstehlich wieder auf – wenn in der seichten Dunkelheit Sessel und Kommode majestätisch aussahen, und der Spiegel kostbar mit seinem aschfarbenen Hauch von Tag? Am Daumen lutschend wie ein Kind (letzten November war sie neunzehn geworden), lag sie in dieser guten Welt, dieser neuen Welt, dieser Welt am Ende des Tunnels, bis ein Verlangen, sie zu sehen oder vorwegzunehmen, sie trieb, die Decken von sich zu werfen und sich zum Fenster zu führen, und dort, als sie auf den Garten hinaussah, über dem der Nebel lag, alle Fenster offen, eins davon feurig-bläulich, und etwas in der Ferne murmelte, die Welt natürlich, und der Morgen kam, rief sie: »Oh«, wie im Schmerz.

# Im Obstgarten

Miranda schlief im Obstgarten, im Liegestuhl unter dem Apfelbaum. Ihr Buch war ins Gras gefallen, und ihr Finger schien immer noch auf den Satz zu deuten: »Ce pays est vraiment un des coins du monde où le rire des filles éclate le mieux —«, als sei sie genau da eingeschlafen. Die Opale an ihrem Finger glühten grün, glühten rosig, und glühten wieder orange, als die Sonne, die durch die Apfelbäume sickerte, sie füllte. Dann, als die Brise kam, kräuselte ihr purpurfarbenes Kleid sich wie eine Blume an einem Stengel; die Gräser nickten; und der weiße Schmetterling wehte dicht über ihrem Gesicht hierhin und dorthin.

Vier Fuß höher, in der Luft über ihrem Kopf, hingen die Äpfel. Plötzlich gab es ein schrilles Getöse, als seien es Gongs aus gesprungenem Messing, die geschlagen wurden, wild, wirr und brutal. Es waren nur die Schulkinder, die einstimmig das Einmaleins aufsagten, von der Lehrerin unterbrochen wurden, ausgeschimpft, und wieder von vorn anfingen, das Einmaleins aufzusagen. Aber dieses Getöse zog vier Fuß über Mirandas Kopf vorbei, ging durch die Zweige des Apfelbaums hindurch, prallte gegen den kleinen Jungen des Kuhhirten, der in der Hecke Brombeeren pflückte, statt in der Schule zu sitzen, und machte, daß er sich den Daumen an den Dornen ritzte.

Als nächstes kam ein einzelner Schrei – traurig, menschlich, brutal. Der alte Parsley war, wahrhaftig, sinnlos betrunken.

Dann ertönten die allerobersten Blätter des Apfelbaums, platt wie kleine Fische vor dem Blau, dreißig Fuß über der Erde, mit einem nachdenklichen und kummervollen Klang. Es war die Orgel in der Kirche, die ein Lied aus »Alte und Neue Choräle« spielte. Der Klang schwebte herbei und wurde von einem Schwarm Wacholderdrosseln, die mit enormer Geschwindigkeit flogen – wohin auch immer – in Atome zerschnitten. Miranda lag schlafend dreißig Fuß darunter.

Dann dröhnten über dem Apfelbaum und dem Birnbaum zweihundert Fuß über Miranda, die schlafend im Obstgarten lag, die

Glocken, abgehackt, düster, didaktisch, denn gerade wurde für sechs arme Frauen aus der Gemeinde ein Dankgottesdienst abgehalten und der Pfarrer schickte seine Lobpreisung zum Himmel.

Und darüber drehte sich mit einem durchdringenden Quietschen die goldene Feder des Kirchturms von Süden nach Osten. Der Wind schlug um. Über allem anderen summte er, über den Wäldern, den Weiden, den Hügeln, Meilen über Miranda, die im Obstgarten lag und schlief. Er fegte weiter, ohne Augen, ohne Verstand, begegnete nichts, was ihm widerstehen konnte, bis er umschwenkte und sich wieder nach Süden wandte. Meilen darunter, auf einem Flecken so groß wie ein Nadelöhr, sprang Miranda auf und rief: »Oh, ich komme zu spät zum Tee!«

Miranda schlief im Obstgarten – oder vielleicht schlief sie nicht, denn ihre Lippen bewegten sich ganz leise, als sagten sie: »Ce pays est vraiment un des coins du monde... où le rire des filles... éclate... éclate... éclate...«, und dann lächelte sie und ließ ihren Körper mit all seinem Gewicht auf die gewaltige Erde sinken, die sich hebt, dachte sie, um mich auf ihrem Rücken zu tragen als wäre ich ein Blatt, oder eine Königin (an dieser Stelle sagten die Kinder das Einmaleins auf), oder, fuhr Miranda fort, vielleicht liege ich hoch oben auf einer Klippe und die Möwen schreien über mir. Je höher sie fliegen, dachte sie weiter, als die Lehrerin die Kinder ausschimpfte und Jimmy auf die Knöchel schlug, bis sie bluteten, desto tiefer sehen sie ins Meer hinein – ins Meer hinein, wiederholte sie, und ihre Finger entspannten sich und ihre Lippen schlossen sich sanft als treibe sie auf dem Meer, und dann, als der Schrei des betrunkenen Mannes über ihr klang, atmete sie mit einer Ekstase sondergleichen ein, denn sie dachte, sie höre das Leben selbst mit rauher Zunge aus scharlachrotem Munde rufen, aus dem Wind, aus den Glocken, aus den gebogenen grünen Blättern der Kohlköpfe.

Natürlich heiratete sie, als die Orgel das Lied aus »Alte und Neue Choräle« spielte, und als die Glocken nach dem Dankgottesdienst für die sechs armen Frauen läuteten, ließ das düstere, abgehackte Dröhnen sie denken, die Erde erbebe unter den Hufen des Pferdes, das auf sie zugaloppierte (»Ah, ich brauche nur zu warten!« seufzte sie), und es schien ihr, als habe alles bereits angefangen, sich wie in einem Muster zu bewegen, zu rufen, zu reiten, zu fliegen, um sie herum, über sie hinweg, auf sie zu.

Mary hackt das Holz, dachte sie; Pearman hütet die Kühe; die Wagen kommen von den Weiden zurück; der Reiter – und sie zeichnete die Linien nach, die die Männer, die Wagen, die Vögel und der Reiter durch die Landschaft zogen, bis sie alle vertrieben schienen, weg, rundum und fort, vom Schlag ihres eigenen Herzens.

Meilen höher in der Luft schlug der Wind um; die goldene Feder des Kirchturms quietschte; und Miranda sprang auf und rief: »Oh, ich komme zu spät zum Tee!«


Miranda schlief im Obstgarten, oder schlief sie oder schlief sie nicht? Ihr purpurfarbenes Kleid war ausgebreitet zwischen zwei Apfelbäumen. Es gab vierundzwanzig Apfelbäume im Obstgarten, einige von ihnen leicht geneigt, während andere ganz gerade und eilig den Stamm hinaufstrebten, der sich zu Ästen ausbreitete und sich zu runden roten oder gelben Tropfen formte. Jeder Apfelbaum hatte genügend Platz. Der Himmel paßte den Blättern wie angegossen. Wenn die Brise wehte, neigte die Linie der Äste vor der Mauer sich leicht und kam dann wieder zurück. Eine Bachstelze flog quer von einer Ecke in die andere. Vorsichtig hüpfend näherte sich eine Drossel einem heruntergefallenen Apfel; von der anderen Mauer her flatterte ein Spatz niedrig über das Gras. Das Hinaufstreben der Bäume wurde durch diese Bewegungen nach unten gebunden; das ganze wurde von den Mauern des Obstgartens zusammengepreßt. Meilen tief war unten die Erde zusammengedrückt; kräuselte sich an der Oberfläche mit wabernder Luft; und in der Ecke des Obstgartens wurde das Blaugrün von einem purpurnen Strich aufgeschlitzt. Als der Wind umschlug, wurde ein Bund Äpfel so hoch geworfen, daß es zwei Kühe auf der Weide auslöschte (»Oh, ich komme zu spät zum Tee!« rief Miranda), und die Äpfel hingen wieder gerade vor der Mauer.

# Mrs Dalloway in der Bond Street

Mrs Dalloway sagte, sie würde die Handschuhe selber kaufen gehen.

Big Ben schlug, als sie auf die Straße hinaustrat. Es war elf Uhr, und die ungewohnte Stunde war so frisch, als würde sie Kindern am Strand zuteil. Doch es lag etwas Feierliches im bedächtigen Ausschwingen der wiederholten Schläge; etwas Bewegendes im Rollen der Räder und im Trappeln der Schritte.

Zweifellos waren sie nicht alle in Sachen des Glücks unterwegs. Viel mehr läßt sich über uns sagen, als daß wir durch die Straßen von Westminster gehen. Auch der Big Ben wäre nichts als rostverzehrte Stahlstäbe, gäbe es nicht die sorgende Pflege des Bauamts Seiner Majestät. Nur für Mrs Dalloway war der Augenblick vollkommen; für Mrs Dalloway war der Juni frisch. Eine glückliche Kindheit – und nicht nur seinen Töchtern war Justin Parry als ein feiner Kerl erschienen (schwach natürlich auf der Richterbank); Blumen am Abend, aufsteigender Rauch; das Krächzen der Saatkrähen, die sich von hoch, hoch oben herabstürzten, tief, tief durch die Oktoberluft – es gibt keinen Ersatz für die Kindheit. Ein Blatt Minze bringt sie zurück: oder eine Tasse mit einem blauen Ring.

Arme kleine Würmer, seufzte sie und drängte vorwärts. Was, genau den Pferden unter der Nase, du kleiner Teufel! und mit ausgestreckter Hand blieb sie auf dem Bordstein stehen, während Jimmy Dawes von der anderen Seite herübergrinste.

Eine charmante Frau, ausgeglichen, energisch, seltsam weißhaarig für ihre rosa Wangen, so sah sie Scope Purvis, Companion of the Bath, als er in sein Büro eilte. Sie wurde ein wenig steif, während sie wartete, bis der Lieferwagen von Durtnall vorüber war. Big Ben schlug zum zehnten; schlug zum elften Mal. Die bleiernen Kreise lösten sich in der Luft auf. Stolz hielt sie aufrecht, und daß sie Disziplin und Leiden geerbt hatte, weitergab und mit ihnen vertraut war. Wie die Menschen litten, wie sie litten, dachte sie, und sie dachte an Mrs Foxcroft letzten Abend in der Botschaft, die geschmückt gewesen war mit Edelsteinen und sich vor Kummer verzehrte, weil dieser nette Junge tot war und der alte Landsitz (der Lieferwagen von Durtnall fuhr vorbei) jetzt an einen Cousin fallen mußte.

»Ich wünsche einen guten Morgen«, sagte Hugh Whitbread und lüftete vor dem Porzellangeschäft einigermaßen übertrieben den Hut, denn sie hatten sich als Kinder gekannt. »Wohin des Wegs?«
»Ich gehe so gern in London spazieren«, sagte Mrs Dalloway. »Es ist mir eigentlich lieber als Spaziergänge auf dem Land!«
»Wir sind gerade heraufgekommen«, sagte Hugh Whitbread. »Leider müssen wir Ärzte aufsuchen.«
»Milly?« fragte Mrs Dalloway sofort mitfühlend.
»Unpäßlich«, sagte Hugh Whitbread. »Das sind so Geschichten. Geht's Dick denn gut?«
»Erstklassig!« sagte Clarissa.
Natürlich, dachte sie im Weitergehen, Milly ist etwa so alt wie ich – fünfzig – zweiundfünfzig. Wahrscheinlich also wird es *das* sein, Hughs ganze Art und Weise hatte es ausgedrückt, hatte es unmißverständlich ausgedrückt – der arme alte Hugh, dachte Mrs Dalloway und erinnerte sich amüsiert, dankbar, bewegt, wie scheu, wie brüderlich – besser tot, als dem eigenen Bruder etwas zu sagen – Hugh immer gewesen war, als er in Oxford lebte und herüberkam und vielleicht einer von ihnen (verflixt!) gerade nicht ausreiten konnte. Wie also konnten Frauen einen Sitz im Parlament haben? Wie konnten sie zusammen mit Männern etwas unternehmen? Denn da gibt es diesen außerordentlich tiefen Instinkt, etwas drinnen in einem; man kommt nicht darüber hinweg; braucht es gar nicht erst zu versuchen, und Männer wie Hugh respektieren es, ohne daß wir es aussprechen, und das, dachte Clarissa, mögen wir so an dem lieben alten Hugh.

Sie war durch den Admirality Arch gegangen und erblickte am Ende der Straße mit ihren mageren Bäumen das weiße Monument Victorias, Victorias schwellende Mütterlichkeit, Fülle, Hausbackenheit, die immer lächerlich wirkte und dennoch so ehrfurchtgebietend, dachte Mrs Dalloway und erinnerte sich an die Kensington Gardens und die alte Dame mit der Hornbrille und wie das Kindermädchen sie geheißen hatte, sofort stehenzubleiben und sich vor der Königin zu verneigen. Auf dem Schloß flatterte die Fahne. Der König und die Königin waren also zurück. Dick war neulich beim Mittagessen mit ihr zusammengetroffen – eine durch und durch nette Frau. Für die Armen, dachte Clarissa, ist das so wichtig und für die Soldaten. Ein Mann aus Bronze mit einem Gewehr stand heroisch auf einem Sockel zu ihrer Linken – der südafrikanische Krieg. Es ist so wichtig, dachte Mrs Dalloway und ging weiter in Richtung Buckingham Palace. Dort stand es unerschütterlich im hellen Sonnenschein, unnachgiebig, schlicht. Doch es lag am Charakter, dachte sie; an etwas, das dem Geschlecht angeboren war; das die Inder respektierten. Die Königin besuchte Krankenhäuser, eröffnete Basare – die Königin von England, dachte Clarissa und sah zum Schloß hinüber. Bereits zu dieser Stunde kam ein Automobil zum Tor heraus; Soldaten salutierten; die Tore wurden geschlossen. Und Clarissa überquerte die Straße und betrat gerade aufgerichtet den Park.

Der Juni hatte an den Bäumen jedes Blatt herausgetrieben. Die Mütter von Westminster mit gefleckten Brüsten stillten ihre Kleinen. Durchaus anständige Mädchen lagen im Grase ausgestreckt. Ein älterer Mann beugte sich sehr steif nieder, hob ein zerknülltes Papier auf, glättete es und warf es fort. Wie entsetzlich! In der Botschaft gestern abend hatte Sir Dighton gesagt: »Wenn ich will, daß jemand mein Pferd hält, brauche ich nur die Hand hochzustrecken.« Doch die religiöse Frage sei viel ernster als die ökonomische, hatte Sir Dighton gesagt, was ihr aus dem Munde eines Mannes wie Sir Dighton äußerst interessant vorgekommen war. »Ach, das Land wird niemals wissen, was es verloren hat«, hatte er gesagt und damit aus eigenem Antrieb von dem teuren Jack Stewart gesprochen.

Sie schritt die kleine Anhöhe leicht hinan. Die Luft regte sich vor Energie. Botschaften gingen zwischen der Flotte und der Admiralität hin und her. Piccadilly und Arlington Street und Mall schienen geradezu die Luft im Park warmzureiben und sein Laubwerk heiß und strahlend auf die Wogen jener göttlichen Vitalität zu heben, die Clarissa liebte. Reiten; tanzen; es war ihr alles eine Lust gewesen. Oder lange Spaziergänge auf dem Land, Gespräche, über Bücher, was man mit seinem Leben anfangen solle, denn junge Leute waren erstaunlich anspruchsvoll – was hatte man nicht alles gesagt! Aber man war von etwas überzeugt gewesen. Die mittleren Lebensjahre sind doch verflixt. Menschen wie Jack werden das nie einsehen, dachte sie; denn kein einziges Mal hat er an den Tod gedacht, nie, hieß es, wußte er, daß er sterben würde. Und niemals kann nun trauern – wie ging das doch noch? – ein grau gewordner Kopf... Vor der Welt ödem ansteckendem Makel[1]... Geleert die Becher schon vor ein, zwei Runden[2]... Vor der Welt ödem ansteckendem Makel. Sie hielt sich gerade.

Doch wie hätte Jack herausgelacht! Auf dem Piccadilly Shelley zu zitieren! »Dir fehlt wohl eine Nadel«, hätte er gesagt. Er konnte Vogelscheuchen nicht ausstehen. »Gottogott, Clarissa! Gottogott, Clarissa!« – so hörte sie ihn jetzt auf der Party im Devonshire House sagen, und zwar über die arme Sylvia Hunt mit ihrer Bernsteinhalskette und dieser verschlumpten alten Seide. Clarissa hielt sich gerade, denn sie hatte laut vor sich hingesprochen und war jetzt auf Piccadilly und kam vor dem Haus mit den schmalen grünen Säulen und den Balkons vorbei; vor Club-Fenstern voller Zeitungen; vor dem Haus der alten Lady Burdett-Coutts, wo der weiße Glaspapagei hing; und vor dem Devonshire House ohne seine vergoldeten Leoparden; und vor Claridge, wo sie, sie durfte es nicht vergessen, in Dicks Namen eine Karte für Mrs Jepson abgeben mußte, ehe sie abreiste. Reiche Amerikaner können sehr charmant sein. Da war St. James' Palace; wie aus dem Bausteinkasten eines Kindes; und jetzt – sie war über die Bond Street hinweg – war sie vor der Buchhandlung Hatchard. Der Strom war endlos – endlos – endlos. Lords, Ascot, Hurlingham – was war los? Allerliebst, dachte sie, als sie auf das Titelbild irgendeines Memoirenbandes blickte, das im Fenster des gerundeten Erkers breit aufgeschlagen dalag, vielleicht Sir Joshua oder Romney; schelmisch aufgeweckt, zurückhaltend; die Art Mädchen – wie ihre Elizabeth – die einzige Art, die zählt. Und dort lag dieses absurde Buch, *Seifenschwamm*[3], das Jim immer wieder aufzusagen pflegte; und Shakespeares Sonette. Sie kannte sie auswendig. Phil und sie hatten einen ganzen Tag lang über die Dark Lady diskutiert, und Dick hatte an jenem Abend beim Essen rundheraus gesagt, daß er noch nie etwas von ihr gehört habe. Tatsächlich, deswegen hatte sie ihn geheiratet!

Er hatte nie Shakespeare gelesen! Es mußte doch irgendein kleines billiges Buch geben, das sie für Milly kaufen konnte – *Cranford* natürlich! Gab es wohl noch so etwas Bezauberndes wie die Kuh im Unterrock?[4] Wenn die Menschen heutzutage nur diesen Humor, diese Selbstachtung hätten, dachte Clarissa, denn sie dachte an die breiten Seiten; das Ende der Sätze; die Figuren – wie man über sie sprach, als wären sie wirklich. Denn alles Große findet man nur in der Vergangenheit, dachte sie. Vor der Welt ödem ansteckenden Makel... Fürchte nicht mehr Sonnenglut[5]... Und niemals kann nun trauern, niemals trauern, wiederholte sie, und ihre Augen schweiften über das Fenster; denn es ging ihr nicht aus dem Kopf; der Prüfstein großer Dichtung; die Modernen hatten nie etwas über den Tod geschrieben, das man lesen mochte, dachte sie; und wandte sich ab.

Omnibusse gesellten sich zu Automobilen; Automobile zu Lieferwagen; Lieferwagen zu Kraftdroschken; Kraftdroschken zu Automobilen – da kam ein offenes Automobil mit einem Mädchen ganz allein. Bis vier Uhr auf, mit kribbelnden Füßen, ich weiß, dachte Clarissa, denn das Mädchen sah erschöpft aus, wie sie da halb eingeschlafen nach dem Tanz in der Ecke des Wagens saß. Und noch ein Automobil kam; und noch eins. Nein! Nein! Nein! Clarissa lächelte gutmütig. Die dicke Lady hatte sich ja alle erdenkliche Mühe gegeben, aber Diamanten! Orchideen! So früh am Vormittag! Nein! Nein! Nein! Der vortreffliche Schutzmann würde seine Hand heben, wenn die Zeit kam. Noch ein Automobil fuhr vorüber. Überhaupt kein bißchen attraktiv! Warum mußte ein Mädchen in diesem Alter die Augen schwarz ummalen? Und ein junger Mann, mit einem Mädchen, zu dieser Stunde, wenn doch das Land – Der bewunderungswürdige Schutzmann hob die Hand, und in Bestätigung seiner herrscherlichen Schwingbewegung überquerte Clarissa, sich Zeit lassend, den Damm und ging auf Bond Street zu; sah die enge krumme Straße, die gelben Banner; die über den Himmel gespannten dicken knotigen Telegraphendrähte.

Vor hundert Jahren war ihr Ururgroßvater, Seymour Parry, der mit Conways Tochter durchbrannte, Bond Street hinunter gegangen. Die Bond Street hinunter waren die Parrys hundert Jahre lang gegangen und hätten den Dalloways (Leighs mütterlicherseits) begegnen können, die sie heraufkamen. Dort lag ein Tuchballen im Fenster, und hier stand nichts als ein Krug auf einem schwarzen Tisch, unglaublich teuer; wie der dicke rosa Lachs auf dem Eisblock beim Fischhändler. Der Schmuck war hervorragend – rosa und orangene Sterne, Similisteine, spanisch, dachte sie, und Ketten aus Altgold; Sternenschnallen, kleine Broschen, die von Ladys mit hohen Frisuren auf meergrünem Satin getragen worden waren. Besser gar nicht hinsehen! Man muß sparen. Sie mußte an der Gemäldehandlung vorbei, wo eins dieser komischen französischen Bilder hing, so als hätten die Leute zum Spaß mit Konfetti – rosa und blau – um sich geworfen. Wenn man sein Leben mit Bildern zugebracht hat (und bei Büchern und Musik ist es das gleiche), dachte Clarissa, als sie an der Aeolian Hall vorüber kam, fällt man auf einen bloßen Spaß nicht herein.

Der Fluß der Bond Street war verstopft. Das dort war, wie eine Königin bei einem Tournier, erhoben, fürstlich, Lady Bexborough. Sie saß in ihrer Kutsche aufrecht allein und schaute durch ihre Brille. Der weiße Handschuh war um das Handgelenk locker. Sie war in Schwarz, recht unansehnlich sogar, und doch, dachte Clarissa, wie unverkennbar sich das bemerkbar macht, Lebensart, Selbstachtung, nie ein Wort zuviel zu sagen oder den Leuten Anlaß zum Klatsch zu geben; eine erstaunliche Freundin; kein Mensch kann ihr nach all diesen Jahren am Zeug flicken, und da ist sie nun, dachte Clarissa, als sie an der Gräfin vorbeikam, die gepudert und völlig reglos wartete, und Clarissa hätte alles gegeben, so zu sein wie sie, die Herrin von Clarefield, und über Politik zu sprechen wie ein Mann. Aber nie geht sie irgendwo hin, dachte Clarissa, und es ist zwecklos, sie einzuladen, und die Kutsche fuhr weiter, und Lady Bexborough glitt vorbei wie eine Königin bei einem Tournier, obwohl sie nichts hatte, wofür sie leben konnte, und die Gesundheit des alten Herrn nachließ und es hieß, sie sei alles leid, dachte Clarissa, und tatsächlich stiegen ihr Tränen in die Augen, als sie den Laden betrat.

»Guten Morgen«, sagte Clarissa mit ihrer Charmestimme. »Handschuhe«, sagte sie auf ihre feine, freundliche Art, stellte die Handtasche auf dem Ladentisch ab und begann, sehr langsam die

Knöpfe zu öffnen. »Weiße Handschuhe«, sagte sie. »Über die Ellbogen«, und sie sah der Verkäuferin gerade ins Gesicht – dies war doch nicht das Mädchen, das sie im Gedächtnis hatte? Sie sah schon recht alt aus. »Diese hier passen nicht richtig«, sagte Clarissa. Das Ladenfräulein betrachtete sie. »Gnädige Frau tragen Armreifen?« Clarissa spreizte die Finger. »Vielleicht liegt es an meinen Ringen.« Und das Mädchen nahm die grauen Handschuhe mit zum Ende des Ladentischs.

Doch, dachte Clarissa, wenn es das Mädchen ist, das ich im Gedächtnis habe, ist sie zwanzig Jahre älter... Es war nur noch eine andere Kundin da, sie saß seitlich am Ladentisch, hatte den Ellbogen aufgestützt und ließ eine Hand leer hängen; wie eine Figur auf einem japanischen Fächer, dachte Clarissa, vielleicht zu leer, doch gewisse Männer wären hingerissen von ihr. Die Lady schüttelte traurig den Kopf. Wiederum waren ihr die Handschuhe zu groß. Sie drehte den Spiegel um. »Über das Handgelenk«, sagte sie vorwurfsvoll zu der grauhaarigen Frau; die hinsah und zustimmte.

Sie wartete; eine Uhr tickte; Bond Street summte gedämpft, fern; die Frau entfernte sich mit Handschuhen in der Hand. »Über das Handgelenk«, sagte die Lady trauervoll mit erhobener Stimme. Und sie mußte noch Stühle, Eis, Blumen und Garderobenmarken bestellen, dachte Clarissa. Kommen würden jene Leute, auf die sie keinen Wert legte; die anderen nicht. Sie würde an der Tür stehen. Es gab auch Strümpfe – Seidenstrümpfe. Eine Lady erkennt man an ihren Handschuhen und ihrem Schuhwerk, sagte Onkel William immer. Und zwischen den hängenden Seidenstrümpfen, ihrem quicken Silber hindurch sah sie zu der Lady hinüber, ihren schräg abfallenden Schultern, der herunterhängenden Hand, der wegrutschenden Handtasche, ihren leer auf den Boden gerichteten Augen. Es wäre unerträglich, wenn nachlässig gekleidete Frauen zu ihrer Party kämen! Hätte man Keats gemocht, wenn er rote Socken getragen hätte? Ach, endlich – sie neigte sich über den Ladentisch, und es zuckte ihr durch den Kopf:

»Wissen Sie noch, daß Sie vor dem Krieg Handschuhe mit Perlenknöpfen hatten?«

»Französische Handschuhe, gnädige Frau?«

»Ja, es waren französische«, sagte Clarissa. Die andere Lady erhob sich sehr traurig und nahm ihre Handtasche und betrachtete die Handschuhe auf dem Ladentisch. Doch sie waren alle zu weit – immer zu weit ums Handgelenk.

»Mit Perlenknöpfen«, sagte das Ladenmädchen, das so gealtert aussah. Sie zerteilte auf dem Ladentisch der Länge nach Seidenpapier. Mit Perlenknöpfen, dachte Clarissa, ganz schlicht – wie französisch!

»Gnädige Frau haben so schmale Hände«, sagte die Verkäuferin und zog ihr den Handschuh fest und glatt über die Ringe. Und Clarissa betrachtete im Spiegel ihren Arm. Der Handschuh reichte kaum bis zum Ellbogen. Ob es wohl welche gab, die einen halben Zoll länger waren? Dennoch schien es zuviel Umstand, sie deswegen zu bemühen – vielleicht der einzige Tag im Monat, dachte Clarissa, an dem das Stehen eine Qual ist. »Ach, bemühen Sie sich nicht«, sagte sie. Doch die Handschuhe wurden herbeigeschafft.

»Werden Sie nicht schrecklich müde«, fragte sie mit ihrer Charmestimme, »wenn Sie so stehen? Wann bekommen Sie Ihren Urlaub?«

»Im September, gnädige Frau, wenn es nicht so viel zu tun gibt.«

Wenn wir auf dem Land sind, dachte Clarissa. Oder auf der Jagd. Sie verbringt vierzehn Tage in Brighton. In irgendeinem muffigen Quartier. Die Wirtin scheffelt das Geld. Nichts wäre einfacher, als sie zur Mrs Lumley mitten auf dem Land zu schicken (und es lag ihr schon auf der Zunge). Doch dann fiel ihr ein, wie Dick ihr auf ihrer Hochzeitsreise beigebracht hatte, daß es eine Torheit ist, auf eine bloße Regung hin Geschenke zu machen. Viel wichtiger sei es, hatte er gesagt, die Handelsbeziehungen zu China auszubauen. Natürlich hatte er recht. Und sie konnte spüren, daß das Mädchen nur ungern etwas geschenkt bekäme. Hier war sie am richtigen Platz. Wie Dick an dem seinen. Handschuhe verkaufen war ihr Beruf. Sie hatte ihre eigenen Sorgen, ganz für sich, »und niemals kann nun trauern, niemals trauern«, die Worte gingen ihr durch den Kopf. »Vor der Welt ödem ansteckendem Makel«, dachte Clarissa und hielt den Arm steif, denn es gibt Augenblicke, da erscheint es ganz und gar vergeblich (der Handschuh wurde abgezogen und ließ Puderstellen auf ihrem

Arm zurück) – man glaubt, dachte Clarissa, einfach nicht mehr an Gott.

Der Verkehr brauste plötzlich auf; die Seidenstrümpfe erstrahlten. Eine Kundin kam herein.

»Weiße Handschuhe«, sagte sie mit einem Ton in der Stimme, an den sich Clarissa erinnerte.

Damals, dachte Clarissa, war es so einfach. Von hoch, hoch herab durch die Luft kam das Krächzen der Saatkrähen. Als Sylvia vor Hunderten von Jahren starb, sahen die Eibenhecken so wunderschön aus mit den Diamantengeweben im Nebel vor dem Frühgottesdienst. Doch wenn Dick morgen stürbe, was den Glauben an Gott anging – nein, sie würde den Kindern die Wahl lassen, doch sie selber, wie Lady Bexborough, die den Basar, wie es hieß, mit dem Telegramm in der Hand eröffnet hatte – Roden, ihr Lieblingssohn, gefallen –, sie würde weitermachen. Doch warum, wenn man nicht mehr glaubt? Um der anderen willen, dachte sie und nahm den Handschuh in die Hand. Das Mädchen wäre viel unglücklicher, wenn sie nicht glaubte.

»Dreißig Schilling«, sagte die Verkäuferin. »Nein, Verzeihung, gnädige Frau, fünfunddreißig. Die französischen Handschuhe sind teurer.«

Denn man lebt nicht für sich allein, dachte Clarissa.

Und dann nahm die andere Kundin einen Handschuh, zerrte daran, und er riß.

»Da!« rief sie.

»Ein Fehler im Leder«, sagte die grauhaarige Frau hastig. »Beim Gerben manchmal ein Tropfen Säure. Probieren Sie dieses Paar an, gnädige Frau.«

»Aber dafür zwei Pfund zehn zu nehmen, ist ein fürchterlicher Betrug!«

Clarissa sah die Lady an; die Lady sah Clarissa an.

»Seit dem Krieg ist auf die Handschuhe nicht mehr viel Verlaß«, sagte die Verkäuferin entschuldigend zu Clarissa.

Doch wo nur hatte sie die andere Dame gesehen? – ältlich, mit einem Doppelkinn; mit einer goldenen Brille an einem schwarzen Band; sinnlich, klug, wie eine Zeichnung von Sargent[6]. Wie man doch an der Stimme erkennen kann, wenn jemand gewohnt ist, dachte Clarissa, daß andere Leute – »Der ist ein bißchen zu eng«, sagte sie – einem gehorchen. Die Verkäuferin entfernte sich aufs neue. Clarissa blieb wartend zurück. Fürchte nicht mehr, wiederholte sie und trommelte mit dem Finger auf den Ladentisch. Fürchte nicht mehr Sonnenglut. Fürchte nicht mehr, wiederholte sie. Auf ihrem Arm waren kleine braune Flecken. Und das Mädchen war langsam wie eine Schnecke. Jetzt dein irdisch Treiben ruht. Tausende junger Männer waren gestorben, damit alles weiterging. Endlich! Einen halben Zoll über den Ellbogen; Perlknöpfe; fünfeinviertel. Meine gute Trantüte, dachte Clarissa, meinst du, ich kann den ganzen Vormittag hier herumsitzen? Jetzt wird's eine halbe Stunde dauern, bis du mir mein Wechselgeld bringst!

Von der Straße draußen drang ein lauter Knall herein. Die Verkäuferinnen drückten sich hinter dem Ladentisch. Doch Clarissa saß sehr gerade und lächelte die andere Lady an. »Miss Anstruther!« rief sie.

## Schwester Lugtons Vorhang

Schwester Lugton war eingeschlafen. Sie hatte einen gewaltigen Schnarcher von sich gegeben. Sie hatte den Kopf sinken lassen; ihre Brille auf die Stirn hochgeschoben; und da saß sie am Kamingitter, den Finger hochgestreckt und einen Fingerhut darauf; und ihre Nadel voll Nähgarn hing herab; und sie schnarchte, schnarchte; und auf ihren Knien, ihre ganze Schürze bedeckend, war ein großes Stück gemusterter blauer Stoff.

Die Tiere, mit denen er bedeckt war, bewegten sich erst, als Schwester Lugton zum fünften Mal schnarchte. Eins, zwei, drei, vier, fünf – ah, die alte Frau war endlich eingeschlafen. Die Antilope nickte dem Zebra zu; die Giraffe biß durch das Blatt an der Baumspitze; alle Tiere fingen an, die Köpfe zu werfen und herumzustolzieren. Denn das Muster auf dem blauen Stoff war aus Scharen wilder Tiere gemacht und unter ihnen war ein See und eine Brücke und eine Stadt mit runden Dächern und kleinen Männern und Frauen, die aus den Fenstern sahen und zu Pferde über die Brücke ritten. Aber sofort als die alte Schwester zum fünften Mal schnarchte, verwandelte der blaue Stoff sich in blaue Luft; und die Bäume winkten; man konnte hören, wie das Wasser des Sees sich brach; und sehen, wie die Menschen sich über die Brücke bewegten und mit den Händen aus den Fenstern winkten.

Die Tiere setzten sich nun in Bewegung. Als erstes gingen der Elefant und das Zebra; als nächstes die Giraffe und der Tiger; der Strauß, der Mandrill, zwölf Murmeltiere und eine Herde Mungos folgten; die Pinguine und die Pelikane watschelten und wateten, häufig nacheinander pickend, daneben her. Über ihnen brannte Schwester Lugtons goldener Fingerhut wie eine Sonne; und als Schwester Lugton schnarchte, hörten die Tiere den Wind durch den Wald brausen. Sie gingen hinunter, um zu trinken, und während sie dahinschritten, wurde der blaue Vorhang (denn Schwester Lugton nähte einen Vorhang für das Wohnzimmerfenster von Mrs John Jasper

Gingham) zu Gras gemacht, und Rosen und Maßliebchen; übersät mit weißen und schwarzen Steinen; mit Pfützen darauf, und Wagenspuren, und kleinen Fröschen, die eilig hüpften, damit die Elefanten nicht auf sie traten. Hinunter gingen sie, den Hügel hinunter an den See, um zu trinken. Und bald waren alle am Rand des Sees versammelt, manche beugten sich hinunter, andere warfen die Köpfe hoch. Wirklich, es war ein wunderschöner Anblick – und der Gedanke daran, daß all dies über den Knien der alten Schwester Lugton lag, während sie schlief, im Lampenlicht in ihrem Windsor-Sessel sitzend – der Gedanke daran, daß ihre Schürze mit Rosen und Gras bedeckt war, und mit all diesen wilden Tieren, die darüber trampelten, wo Schwester Lugton eine Heidenangst davor hatte, im Zoo auch nur mit ihrem Schirm durch die Gitter zu pieksen! Selbst ein kleiner schwarzer Käfer ließ sie einen Satz machen. Aber Schwester Lugton schlief; Schwester Lugton sah nichts, gar nichts.

Die Elefanten tranken; und die Giraffen knipsten die Blätter an den höchsten Tulpenbäumen ab; und die Leute, die die Brücken überquerten, warfen Bananen nach ihnen, und schleuderten Ananasse hoch in die Luft, und wunderschöne goldene Semmeln gefüllt mit Quitten und Rosenblättern, denn die Affen liebten sie. Die alte Königin kam in ihrer Sänfte vorüber; der General der Armee ging vorbei; ebenso der Premierminister; der Admiral; der Henker; und hohe Würdenträger auf Geschäften in der Stadt, die ein sehr schöner Ort war und Millamarchmantopolis hieß. Niemand fügte den lieblichen Tieren ein Leid zu; viele bemitleideten sie; denn es war überall bekannt, daß selbst der kleinste Affe verzaubert war. Denn eine große Menschenfresserin hatte sie in ihren Fesseln, wie die Menschen wußten; und die große Menschenfresserin wurde Lugton genannt. Sie konnten sie sehen, von ihren Fenstern, wie sie drohend über ihnen aufragte. Sie hatte ein Gesicht wie die Flanke eines Berges mit großen Abgründen und Lawinen, und Klüften als Augen und Haare und Nase und Zähne. Und jedes Tier, das sich in ihre Territorien verirrte, ließ sie lebendig erstarren, so daß sie den ganzen Tag über stocksteif auf ihrem Knie standen, aber wenn sie einschlief, dann waren sie erlöst, und sie kamen am Abend nach Millamarchmantopolis hinunter, um zu trinken.

Plötzlich knüllte die alte Schwester Lugton den Vorhang ganz in Falten.

Denn eine große Schmeißfliege summte rund um die Lampe und weckte sie. Sie setzte sich auf und stach ihre Nadel ein.

Die Tiere flitzten in Sekundenschnelle zurück. Die Luft wurde blauer Stoff. Und der Vorhang lag ganz still auf ihrem Knie. Schwester Lugton nahm ihre Nadel auf und fuhr fort, Mrs Ginghams Wohnzimmervorhang zu nähen.

## Die Witwe und der Papagei:
## Eine wahre Geschichte

Vor etwa fünfzig Jahren saß Mrs Gage, eine ältere Witwe, in ihrem Cottage in einem Dorf namens Spilsby in Yorkshire. Obwohl lahm, und ziemlich kurzsichtig, tat sie ihr Bestes, ein Paar Holzschuhe zu flicken, denn sie hatte nur ein paar Schillinge die Woche zum Leben. Während sie auf den Holzschuh einhämmerte, öffnete der Briefträger die Tür und warf ihr einen Brief in den Schoß.

Er trug die Adresse »Kanzlei Stagg und Beetle, 67 High Street, Lewes, Sussex«.

Mrs. Gage öffnete ihn und las:

»Sehr geehrte gnädige Frau; Wir haben die Ehre, Sie über den Tod Ihres Bruders, Mr Joseph Brand, zu informieren.«

»Jessesmaria«, sagte Mrs Gage. »Ist der alte Joseph schließlich dahin!«

»Er hat Ihnen seinen gesamten Besitz vermacht«, hieß es im Brief weiter, »der aus einem Wohnhaus, Stall, Gurkengestellen, Schneidemaschinen, Schubkarren etc. etc. im Dorf Rodmell in der Nähe von Lewes besteht. Außerdem hinterläßt er Ihnen sein gesamtes Vermögen; nämlich £ 3.000 (dreitausend Pfund) Sterling.«

Mrs Gage fiel vor Freude fast ins Feuer. Sie hatte ihren Bruder seit vielen Jahren nicht gesehen, und da er sich nicht einmal für die Weihnachtskarte bedankte, die sie ihm jedes Jahr schickte, dachte sie, daß seine Knauserigkeit, die ihr aus der Kindheit wohlbekannt war, ihn sogar an einer Penny-Briefmarke für eine Antwort knapsen ließ. Aber nun hatte sich alles zu ihrem Vorteil gewendet. Mit dreitausend Pfund, ganz zu schweigen vom Haus etc. etc., konnten sie und ihre Familie für immer in großem Luxus leben.

Sie entschied, daß sie Rodmell unverzüglich besuchen mußte. Der Dorfgeistliche, der Reverend Samuel Tallboys, lieh ihr zwei Pfund zehn, damit sie ihre Fahrkarte bezahlen konnte, und am nächsten Tag waren alle Vorbereitungen für ihre Reise abgeschlossen. Die wichtigste davon war die Versorgung ihres Hundes Shag während ihrer

Abwesenheit, denn trotz ihrer Armut liebte sie Tiere und schränkte sich häufig lieber selbst ein, als ihrem Hund seinen Knochen zu mißgönnen.

Sie erreichte Lewes am späten Dienstagabend. In jenen Tagen, muß ich Ihnen dazu sagen, gab es bei Southease keine Brücke über den Fluß, noch war die Straße nach Newhaven schon gebaut. Um Rodmell zu erreichen, war es notwendig, den Fluß Ouse über eine Furt zu durchqueren, von der immer noch Spuren vorhanden sind, aber dies konnte nur bei Ebbe versucht werden, wenn die Steine im Flußbett über dem Wasser erschienen. Mr Stacey, der Bauer, fuhr in seinem Karren nach Rodmell, und er erbot sich freundlicherweise, Mrs Gage mitzunehmen. Sie erreichten Rodmell gegen neun Uhr an einem Novemberabend, und Mr Stacey zeigte Mrs Gage zuvorkommenderweise das Haus am Ende des Dorfes, das ihr von ihrem Bruder hinterlassen worden war. Mrs Gage klopfte an die Tür. Sie erhielt keine Antwort. Sie klopfte noch einmal. Eine sehr merkwürdig hohe Stimme kreischte hervor: »Nicht zuhause.« Sie war so bestürzt, daß sie, hätte sie nicht Schritte kommen gehört, weggelaufen wäre. Die Tür wurde jedoch von einer alten Frau aus dem Dorf namens Mrs Ford geöffnet.

»Wer war das, der ›Nicht zuhause‹ hervorgekreischt hat?« sagte Mrs Gage.

»Der Henker soll den Vogel holen!« sagte Mrs Ford sehr mißgestimmt und deutete auf einen großen grauen Papagei. »Er schreit, daß mir fast der Kopf abfällt. Da hockt er den ganzen Tag krumm und bucklig auf seiner Stange wie ein Denkmal und kreischt ›Nicht zuhause‹, sobald man in die Nähe seiner Stange kommt.« Er war ein prächtiger Vogel, wie Mrs Gage sehen konnte; aber seine Federn waren kläglich vernachlässigt. »Vielleicht ist er unglücklich, oder er könnte hungrig sein«, sagte sie. Aber Mrs Ford sagte, es wäre nichts als Übellaunigkeit; er wäre ein Seemannspapagei und hätte seine Sprache im Osten gelernt. Aber, fügte sie hinzu, Mr Joseph hatte ihn sehr gern, hatte ihn James genannt; und, so hieß es, hatte mit ihm geredet, als wäre er ein vernunftbegabtes Wesen. Mrs Ford ging bald. Mrs Gage lief sogleich zu ihrer Kiste und holte etwas Zucker, den sie bei sich hatte, und bot ihn dem Papagei an, wobei sie in sehr freundlichem Ton sagte, daß sie nichts Böses wolle, sondern die Schwester seines alten Herrn sei, die gekommen war, um das Haus in Besitz zu nehmen, und sie würde dafür sorgen, daß er so glücklich war wie ein Vogel es nur sein konnte. Dann nahm sie eine Laterne und machte einen Rundgang durch das Haus, um zu sehen, was für eine Art von Besitz ihr Bruder ihr hinterlassen hatte. Es war eine bittere Enttäuschung. In allen Teppichen waren Löcher. Die Sitze der Stühle waren herausgefallen. Ratten liefen am Kaminsims entlang. Große Pilze wuchsen durch den Küchenboden. Es gab kein einziges Möbelstück, das siebeneinhalb Pence wert gewesen wäre; und Mrs Gage tröstete sich nur dadurch, daß sie an die dreitausend Pfund dachte, die sicher und gemütlich in der Bank von Lewes lagen.

Sie entschied, am nächsten Tag nach Lewes zu gehen, um bei Stagg und Beetle, den Anwälten, den Anspruch auf ihr Geld zu erheben und dann so schnell sie konnte nach Hause zurückzukehren. Mr Stacey, der mit ein paar prächtigen Berkshire-Schweinen zum Markt fuhr, erbot sich wieder, sie mitzunehmen, und erzählte ihr ein paar schreckliche Geschichten von jungen Leuten, die beim Fahren bei dem Versuch ertrunken waren, den Fluß bei Flut zu überqueren. Eine große Enttäuschung erwartete die arme alte Frau, sobald sie Mr Staggs Büro betrat.

»Bitte, nehmen Sie doch Platz, gnädige Frau«, sagte er, mit sehr ernstem Gesicht und einem leisen Knurren. »Tatsache ist«, fuhr er fort, »daß Sie sich darauf einstellen müssen, einigen sehr unangenehmen Neuigkeiten ins Gesicht zu sehen. Seit ich Ihnen geschrieben habe, bin ich Mr Brands Papiere sorgfältig durchgegangen. Ich bedaure sagen zu müssen, daß ich keinerlei Spur von den dreitausend Pfund finden kann. Mr Beetle, mein Partner, ist persönlich nach Rodmell gefahren und hat das Grundstück mit äußerster Sorgfalt abgesucht. Er fand absolut nichts – kein Gold, Silber, oder Wertgegenstände irgendwelcher Art – bis auf einen schönen grauen Papagei, den ich Ihnen rate, für was immer er einbringt zu verkaufen. Seine Sprache, sagte Benjamin Beetle, ist sehr extrem. Aber das gehört nicht zur Sache. Ich fürchte sehr, daß Sie Ihre Reise umsonst gemacht haben. Das Haus nebst Grundstück ist heruntergekommen; und natürlich sind unsere Unkosten beträchtlich.« Hier hielt er inne, und

Mrs Gage wußte sehr wohl, daß er wünschte, daß sie ging. Sie war fast verrückt vor Enttäuschung. Nicht nur hatte sie sich zwei Pfund zehn von Reverend Samuel Tallboys geliehen, sondern sie würde auch mit völlig leeren Händen nach Hause zurückkehren, denn der Papagei James würde verkauft werden müssen, damit sie ihre Fahrkarte bezahlen konnte. Es regnete in Strömen, aber Mr Stagg drängte sie nicht zu bleiben, und sie war zu sehr außer sich vor Kummer, um sich Gedanken darüber zu machen, was sie tat. Trotz des Regens begann sie, über die Wiesen nach Rodmell zurückzugehen.

Mrs Gage war, wie ich bereits gesagt habe, auf dem rechten Bein lahm. Im besten Falle ging sie langsam, und jetzt, teils durch ihre Enttäuschung, teils durch den Matsch am Ufer, kam sie in der Tat nur sehr langsam voran. Während sie vor sich hinstapfte, wurde der Tag immer dunkler, bis es ihr nur noch mit Mühe gelang, sich auf dem erhöhten Pfad am Ufer des Flusses entlang zu halten. Man hätte sie beim Gehen vor sich hinschimpfen hören können, und sich über ihren gerissenen Bruder Joseph beklagen, der ihr all diese Mühen eingebrockt hatte. »Ausdrücklich«, sagte sie, »um mich zu ärgern. Er war immer ein gemeiner kleiner Junge, als wir Kinder waren«, fuhr sie fort. »Es hat ihm Spaß gemacht, die armen Insekten zu quälen, und ich habe selbst erlebt, wie er eine haarige Raupe vor meinen eigenen Augen mit einer Schere gestutzt hat. Außerdem war er ein knauseriges Ungeheuer. Er hat sein Taschengeld immer in einem Baum versteckt, und wenn jemand ihm ein Stück Kuchen mit Zuckerguß zum Tee gab, machte er den Zucker ab und bewahrte ihn fürs Abendessen auf. Ich habe keinen Zweifel daran, daß er in eben diesem Augenblick im Feuer der Hölle in hellen Flammen steht, aber was für ein Trost ist das für mich?« fragte sie, und in der Tat war es ein sehr geringer Trost, denn sie lief geradewegs in eine große Kuh hinein, die am Ufer entlangkam, und kugelte kopfüber in den Matsch.

Sie rappelte sich so gut sie konnte auf und schleppte sich mühsam weiter. Es kam ihr vor, als wäre sie schon Stunden gegangen. Es war jetzt stockdunkel, und sie konnte kaum die eigene Hand vor der Nase sehen. Plötzlich entsann sie sich der Worte des Bauern Stacey über die Furt. »Jessesmaria«, sagte sie, »wie soll ich nur je meinen Weg hinüber finden? Wenn Flut ist, werde ich ins tiefe Wasser treten und im Nu ins Meer hinausgespült werden! Zahlreich sind die Paare, die hier schon ertrunken sind, ganz zu schweigen von Pferden, Karren, Rinderherden, und Heuballen.«

In der Tat hatte sie sich, in Anbetracht der Dunkelheit und des Matsches, in eine schöne Patsche gebracht. Sie konnte den eigentlichen Fluß kaum sehen, geschweige denn sagen, ob sie die Furt erreicht hatte oder nicht. Nirgendwo waren Lichter zu sehen, denn, wie Sie vielleicht wissen, gibt es auf dieser Seite des Flusses kein Cottage oder Haus näher als Asheham House, ehemals Wohnsitz von Mr Leonard Woolf. Es schien, daß ihr nichts anderes übrigblieb als sich hinzusetzen und auf den Morgen zu warten. Aber in ihrem Alter, mit dem Rheumatismus in ihrem System, konnte sie leicht erfrieren. Andererseits, wenn sie versuchte, den Fluß zu überqueren, war es so gut wie sicher, daß sie ertrinken würde. So elend war ihre Lage, daß sie mit Freuden mit einer der Kühe auf der Weide getauscht hätte. In der ganzen Grafschaft Sussex hätte man keine unglücklichere alte Frau finden können; wie sie am Flußufer stand, ohne zu wissen, ob sie sich setzen oder schwimmen sollte, oder sich einfach ins Gras rollen, naß wie es war, und schlafen oder sich zu Tode frieren, wie ihr Schicksal es entschied.

In diesem Augenblick geschah etwas Wundervolles. Ein gewaltiges Licht schoß am Himmel hoch, wie eine gigantische Fackel, beleuchtete jeden Grashalm und zeigte ihr die Furt keine zwanzig Yard entfernt. Es war Ebbe, und die Überquerung würde eine leichte Sache sein, wenn das Licht nur nicht ausging, bevor sie hinüber war.

»Es muß ein Komet sein oder sonst eine wundervolle Monstrosität«, sagte sie, als sie hinüberhumpelte. Sie konnte das Dorf Rodmell strahlend hell vor sich sehen.

»Segne und errette uns!« rief sie aus. »Da steht ein Haus in Flammen – dem Herrn sei Dank« – denn sie nahm an, daß es wenigstens ein paar Minuten dauern würde, ein Haus niederzubrennen, und bis dahin wäre sie längst auf dem Weg ins Dorf.

»Es muß schon ein böser Wind sein, der niemandem etwas Gutes zuweht«, sagte sie, als sie die Römerstraße entlanghumpelte. Und in der Tat konnte sie jeden Zoll des Weges sehen und war fast schon auf der Dorfstraße, als ihr zum ersten Mal aufging, »Vielleicht ist es mein eigenes Haus, das da vor meinen Augen zu Asche verglüht!«

Sie hatte völlig recht.

Ein Junge im Nachthemd hüpfte auf sie zu und rief, »Sehen Sie nur, wie das Haus vom alten Joseph Brand in Flammen steht!«

Alle Dorfbewohner standen in einem Kreis um das Haus herum und reichten Wassereimer weiter, die an der Pumpe in der Küche von Monks House gefüllt wurden, und kippten sie auf die Flammen. Aber das Feuer hatte einen festen Zugriff, und gerade als Mrs Gage ankam, fiel das Dach in sich zusammen.

»Hat jemand den Papagei gerettet?« rief sie.

»Seien Sie dankbar, daß Sie nicht selbst dort drin sind, gnädige Frau«, sagte der Reverend James Hawkesford, der Geistliche. »Sorgen Sie sich nicht um die stummen Kreaturen. Ich habe keinen Zweifel, daß der Papagei gnädigerweise auf seiner Stange erstickt ist.«

Aber Mrs Gage war entschlossen, sich selbst zu vergewissern. Sie mußte von den Dorfleuten zurückgehalten werden, die sagten, sie müsse verrückt sein, ihr Leben für einen Vogel aufs Spiel zu setzen.

»Arme alte Frau«, sagte Mrs Ford, »sie hat ihre ganze Habe verloren, bis auf eine alte Holzkiste mit ihren Schlafsachen darin. Ohne Zweifel wären wir an ihrer Stelle auch verrückt.«

Damit nahm Mrs Ford Mrs Gage bei der Hand und führte sie fort zu ihrem eigenen Cottage, wo sie die Nacht schlafen sollte. Das Feuer war jetzt gelöscht, und alle gingen nach Hause ins Bett.

Aber die arme Mrs Gage konnte nicht schlafen. Sie wälzte und drehte sich und dachte an ihre unglückliche Lage, und fragte sich, wie sie nach Yorkshire zurückkommen und dem Reverend Samuel Tallboys das Geld zahlen sollte, das sie ihm schuldete. Gleichzeitig war sie noch mehr bekümmert, wenn sie an das Schicksal des armen Papageien James dachte. Sie hatte Gefallen an dem Vogel gefunden und dachte, daß er ein liebevolles Herz haben müßte, wenn er so tief über den Tod des alten Joseph Brand trauerte, der keinem menschlichen Wesen jemals eine Freundlichkeit erwiesen hatte. Es war ein schrecklicher Tod für einen unschuldigen Vogel, dachte sie; und wenn sie nur rechtzeitig gekommen wäre, hätte sie ihr eigenes Leben riskiert, um seins zu retten.

Sie lag im Bett und dachte diese Gedanken, als ein leises Klopfen am Fenster sie zusammenfahren ließ. Das Klopfen wurde dreimal wiederholt. Mrs Gage stieg so schnell sie konnte aus dem Bett und ging ans Fenster. Dort saß, zu ihrer äußersten Überraschung, ein riesiger Papagei auf der Fensterbank. Der Regen hatte aufgehört, und es war eine schöne Mondlichtnacht. Sie war zuerst sehr erschrocken, erkannte jedoch bald den grauen Papagei, James, und war außer sich vor Freude über sein Entkommen. Sie öffnete das Fenster, streichelte mehrmals seinen Kopf und sagte ihm, er solle hereinkommen. Der Papagei antwortete, indem er den Kopf leise von einer Seite zur anderen schüttelte, dann auf den Boden flog, ein paar Schritte wegging, zurückblickte, wie um zu sehen, ob Mrs Gage kam, und dann auf den Fenstersims zurückkehrte, wo sie in höchster Verwunderung stand.

»Die Kreatur hat in ihren Handlungen mehr Bedeutung als wir Menschen wissen«, sagte sie zu sich selbst. »Also gut, James«, sagte sie laut, sprach mit ihm, als wäre er ein menschliches Wesen, »ich verlasse mich auf dein Wort. Aber warte einen Augenblick, bis ich anständig aussehe.«

Damit heftete sie sich eine große Schürze um, schlich so leise wie möglich nach unten, und ließ sich hinaus, ohne Mrs Ford zu wecken.

Der Papagei James war offensichtlich zufrieden. Er hüpfte nun munter ein paar Yard vor ihr her in Richtung auf das abgebrannte Haus. Mrs Gage folgte so schnell sie konnte. Der Papagei hüpfte, als kenne er seinen Weg ganz genau, um das Haus herum nach hinten, wo ursprünglich die Küche gewesen war. Nichts war jetzt noch von ihr übrig bis auf den Backsteinboden, der immer noch tropfnaß war von dem Wasser, das hingeschüttet worden war, um das Feuer zu löschen. Mrs Gage stand voller Verwunderung still, während James herumhüpfte, hier und da pickte, als prüfe er die Backsteine mit seinem Schnabel. Es war ein sehr unheimlicher Anblick, und wäre Mrs Gage nicht daran gewöhnt gewesen, mit Tieren zu leben, hätte sie sehr wahrscheinlich den Kopf verloren und wäre nach Hause zurückgehumpelt. Aber es sollten noch seltsamere Dinge geschehen. Die ganze Zeit über hatte der Papagei kein Wort gesagt. Er geriet plötzlich in einen Zustand höchster Erregung, flatterte mit den Flügeln, klopfte wiederholt mit dem Schnabel auf den Boden und schrie so schrill, »Nicht zuhause! Nicht zuhause!«, daß Mrs Gage fürchtete, das ganze Dorf würde wach werden.

»Reg dich nicht so auf, James; du tust dir noch etwas«, sagte sie besänftigend. Aber er wiederholte seinen Angriff auf die Backsteine nur noch wilder denn zuvor.

»Was soll das alles nur bedeuten?« sagte Mrs Gage und sah sich den Küchenboden genau an. Das Mondlicht war hell genug, um ihr eine leichte Unebenheit in der Verlegung der Backsteine zu zeigen, als wären sie herausgenommen und dann nicht ganz plan mit den anderen wieder zurückgelegt worden. Sie hatte ihre Schürze mit einer großen Sicherheitsnadel befestigt, und nun zwängte sie diese Sicherheitsnadel zwischen die Backsteine und stellte fest, daß sie nur lose aneinandergelegt waren. Sehr bald hatte sie einen mit den Händen herausgehoben. Kaum daß sie das getan hatte, hüpfte der Papagei auf den Backstein daneben, klopfte energisch mit dem Schnabel darauf und rief, »Nicht zuhause!«, was Mrs Gage so verstand, daß sie ihn entfernen sollte. So fuhren sie fort, die Backsteine im Mondlicht herauszunehmen, bis sie eine Fläche von etwa sechs auf viereinhalb Fuß freigelegt hatten. Dies schien der Papagei für genug zu halten. Aber was war als nächstes zu tun?

Mrs Gage ruhte sich jetzt aus und beschloß, sich gänzlich vom Verhalten des Papageien James leiten zu lassen. Sie durfte sich nicht lange ausruhen. Nachdem er ein paar Minuten lang im sandigen Untergrund herumgescharrt hatte, wie ihr vielleicht schon einmal eine Henne mit den Krallen im Sand habt scharren sehen, grub er etwas aus, was zunächst wie ein runder Klumpen aus gelblichem Stein aussah. Seine Aufregung wurde so groß, daß Mrs Gage ihm jetzt zu Hilfe kam. Zu ihrer Verwunderung stellte sie fest, daß die ganze Fläche, die sie freigelegt hatten, vollgepackt war mit langen Rollen dieser runden gelblichen Steine, so säuberlich nebeneinander gelegt, daß es eine ziemliche Mühe war, sie zu bewegen. Aber was konnten sie sein? Und zu welchem Zweck waren sie dort versteckt worden? Erst als sie die ganze obere Schicht entfernt hatten, und als nächstes ein Stück Öltuch, das darunter lag, entfaltete sich vor ihren Augen ein höchst wundersamer Anblick – dort, in Reihe um Reihe, wunderschön poliert und im Mondlicht hell glänzend, lagen Tausende von brandneuen Sovereigns!!!!

Das also war das Versteck des alten Geizkragens; und er hatte dafür gesorgt, daß niemand es entdeckte, indem er zwei außergewöhnliche Vorsichtsmaßnahmen traf. Als erstes hatte er, wie später bewiesen wurde, einen Küchenherd über die Stelle gebaut, an der sein Schatz verborgen lag, so daß, wenn das Feuer ihn nicht zerstört hätte, niemand seine Existenz hätte erraten können; und zweitens hatte er die oberste Schicht der Sovereigns mit einer klebrigen Substanz überzogen, sie dann in der Erde herumgerollt, so daß, wenn einer durch Zufall freigelegt worden wäre, niemand vermutet hätte, daß er etwas anderes war als ein Kieselstein, so wie man ihn jeden Tag im Garten sehen kann. So wurde nur durch das außergewöhnliche Übereintreffen des Feuers und der Klugheit des Papageien die Gerissenheit des alten Joseph besiegt.

Mrs Gage und der Papagei arbeiteten nun hart und entfernten den ganzen Schatz – der dreitausend Münzen zählte, weder mehr noch weniger – und legten sie auf ihre Schürze, die auf dem Boden ausgebreitet war. Als die dreitausendste Münze oben auf den Stapel gelegt wurde, flog der Papagei im Triumph in die Luft und landete sehr sanft auf Mrs Gages Kopf. In dieser Form kehrten sie zu Mrs Fords Cottage zurück, in sehr langsamem Schritt, denn Mrs Gage war lahm, wie ich gesagt habe, und jetzt wurde sie vom Inhalt ihrer Schürze fast auf den Boden hinuntergezogen. Aber sie erreichte ihr Zimmer, ohne daß irgendjemand von ihrem Besuch in dem zerstörten Haus wußte.

Am nächsten Tag kehrte sie nach Yorkshire zurück. Mr Stacey fuhr sie noch einmal nach Lewes und war ziemlich überrascht, als er feststellte, wie schwer Mrs Gages Holzkiste geworden war. Aber er war ein Mann von der ruhigen Sorte und folgerte daraus nur, daß die guten Leute von Rodmell ihr ein paar Kleinigkeiten mitgegeben hatten, um sie über den furchtbaren Verlust ihres gesamten Besitzes im Feuer hinwegzutrösten. Aus reiner Herzensgüte bot Mr Stacey an, ihr den Papagei für eine halbe Krone abzukaufen; aber Mrs Gage lehnte sein Angebot mit solcher Entrüstung ab und sagte, daß sie den Vogel nicht für alle Reichtümer Indiens verkaufen würde, daß er daraus folgerte, die alte Frau sei durch ihren Kummer verrückt geworden.

Es bleibt jetzt nur noch zu sagen, daß Mrs Gage wohlbehalten nach Spilsby zurückgelangte; ihre schwarze Kiste zur Bank brachte; und mit James dem Papagei und ihrem Hund Shag in großer Bequemlichkeit und Glück bis ins sehr hohe Alter lebte.

Erst als sie auf ihrem Totenbett lag, erzählte sie dem Geistlichen (dem Sohn von Reverend Samuel Tallboys) die ganze Geschichte und fügte hinzu, sie sei ganz sicher, daß das Haus vom Papageien James mit Absicht abgebrannt worden war, der, sich der Gefahr bewußt, in der sie sich am Flußufer befand, in die Küche flog und das Ölöfchen umwarf, das ein paar Reste für ihr Abendessen warmhielt. Durch diese Tat rettete er sie nicht nur vor dem Ertrinken, sondern brachte auch die dreitausend Pfund ans Tageslicht, die auf keine andere Weise hätten gefunden werden können. Derart, sagte sie, ist der Lohn für Freundlichkeit gegenüber Tieren.

Der Geistliche dachte, sie phantasiere. Aber es ist gewiß, daß im selben Augenblick, in dem der Atem ihren Körper verlassen hatte, James, der Papagei, hervorkreischte: »Nicht zuhause! Nicht zuhause!« und mausetot von seiner Stange fiel. Der Hund Shag war ein paar Jahre zuvor gestorben.

Besucher in Rodmell können immer noch die Ruinen des Hauses sehen, das vor fünfzig Jahren niederbrannte, und es heißt allgemein, daß man, wenn man es im Mondlicht besucht, einen Papagei mit seinem Schnabel auf den Backsteinboden klopfen hören kann, während andere eine alte Frau in einer weißen Schürze dort haben sitzen sehen.

# Glück

Als Stuart Elton sich bückte und ein weißes Fädchen von seiner Hose schnippte, erschien der triviale Akt, der, wie es nun einmal war, von einem Erdrutsch und einer Lawine der Wahrnehmungen begleitet wurde, wie ein von einer Rose herabfallendes Blütenblatt, und Stuart Elton richtete sich auf, um seine Unterhaltung mit Mrs Sutton wieder aufzunehmen, und fühlte, daß er erfüllt war von vielen Blütenblättern, die fest und dicht eins auf das andere gelegt waren, alle gerötet, alle durchwärmt, alle getönt von diesem unerklärlichen Glühen. So daß, wenn er sich bückte, ein Blütenblatt fiel. Als er jung war, hatte er es nicht gefühlt – nein – jetzt mit fünfundvierzig Jahren mußte er sich nur bücken, nur ein Fädchen von seiner Hose schnippen, und es stürzte durch ihn herab, durch ihn hindurch, dieses schöne, ordentliche Gefühl des Lebens, dieser Erdrutsch, diese Lawine der Wahrnehmung, um mit sich eins zu sein, wenn er sich wieder aufrichtete, geordnet – aber was sagte sie gerade?

Mrs Sutton (die immer noch an den Haaren über die Stoppeln und kreuz und quer über das umgebrochene Land der frühen mittleren Jahre geschleift wurde) sagte gerade, daß Direktoren ihr schrieben, sogar Verabredungen trafen, sie zu sehen, daß aber nichts dabei herauskam. Was es so schwierig für sie machte, war, daß sie selbstverständlich keine Beziehungen zur Bühne hatte, waren ihr Vater, all ihre Leute, doch nur Leute vom Land. (Hier schnippte Stuart Elton den Faden weg.) Sie hörte auf zu sprechen; sie fühlte sich zurückgestoßen. Ja, Stuart Elton hatte, was sie wollte, fühlte sie, als er sich bückte. Und als er sich wieder aufrichtete, entschuldigte sie sich – sie redete zuviel über sich selbst, sagte sie – und fügte hinzu,

»Sie scheinen mir der weitaus glücklichste Mensch zu sein, den ich kenne.«

Es stimmte merkwürdig überein mit dem, was er gedacht hatte, und jenem Gefühl des sanften Herabstürzens des Lebens und seiner ordentlichen Wiederherstellung, dem Gefühl des fallenden Blütenblatts und der ganzen Rose. Aber war es »Glück«? Nein. Das große Wort schien nicht darauf zu passen, schien sich nicht auf den Zustand zu beziehen, in rosigen Flocken um ein helles Licht gewellt zu sein. Jedenfalls, sagte Mrs Sutton, sei er von all ihren Freunden derjenige, den sie am meisten beneide. Er schien alles zu haben; sie nichts. Sie zählten – jeder hatte genug Geld; sie einen Mann und Kinder; er war Junggeselle; sie war fünfunddreißig; er fünfundvierzig; sie war im Leben noch nie krank gewesen, und er litt ganz schrecklich, sagte er, unter irgendeiner inneren Geschichte – hätte am liebsten den ganzen Tag Hummer gegessen und vertrug in nicht. Sehen Sie, rief sie aus! als hätte sie es damit getroffen. Sogar seine Krankheit war ein Witz für ihn. War es das Abwägen einer Sache gegen eine andere, fragte sie? War es ein Sinn für richtige Proportionen, war es das? War es was, fragte er, wohl wissend, was sie meinte, aber voller Abwehr gegen diese verhuschte, vernichtende Frau mit ihrer überstürzten Art, mit ihren Kümmernissen und ihrer Eindringlichkeit, Geplänkel und Gedrängel, bei der die Gefahr bestand, daß sie diesen sehr wertvollen Besitz umstieß und zerstörte, dieses Gefühl – zwei Bilder blitzten gleichzeitig vor seinem inneren Auge auf – eine Fahne im Wind, eine Forelle in einem Bach – im Gleichgewicht zu sein, in der Schwebe, in einer Strömung sauberer frischer klarer heller leuchtender prickelnder allumfassender Empfindung, die ihn wie die Luft oder der Bach aufrechthielt, so daß, wenn er eine Hand bewegte, sich bückte oder egal was sagte, er den Druck der unzähligen Atome des Glücks verschob, die sich schlossen und ihn wieder aufrechthielten.

»Für Sie ist nichts von Bedeutung«, sagte Mrs Sutton. »Nichts verändert Sie«, sagte sie unbeholfen, Kleckse und Spritzer um ihn herum machend, wie ein Mann Mörtel hierhin dorthin tupft, um Ziegel zu zementieren, während er sehr still da stand, sehr geheimnisvoll, sehr zurückhaltend; versuchte, etwas von ihm zu bekommen, einen Hinweis, einen Schlüssel, eine Richtlinie, beneidete ihn, verabscheute ihn und spürte, daß, wenn sie mit ihrer emotionalen Skala, ihrer Leidenschaft, ihrer Fähigkeit, ihren Talenten dies noch dazu hätte, sie Mrs Siddons[1] persönlich sofort Konkurrenz machen könnte. Er wollte es ihr nicht sagen; er mußte es ihr sagen.

»Ich war heute nachmittag in Kew«[2], sagte er, beugte das Knie und schnippte noch einmal darüber, nicht etwa, daß ein weißes Fädchen dagewesen wäre, sondern um sicherzugehen, indem er die Handlung wiederholte, daß seine Maschine in Ordnung war, was sie war.

So würde man, wenn man von Wölfen durch einen Wald verfolgt würde, kleine Stückchen Kleidung abreißen und Kekse brechen und sie den unglücklichen Wölfen zuwerfen, sich fast, aber nicht ganz, sicher fühlen, auf seinem hohen schnellen sicheren Schlitten.

Verfolgt von dieser ganzen Meute ausgehungerter Wölfe, die sich nun über das kleine Stück Keks hermachten, das er ihnen hingeworfen hatte – diese Worte »Ich war heute nachmittag in Kew« –, raste Stuart Elton beschwingt vor ihnen her zurück nach Kew, zum Magnolienbaum, zum See, zum Fluß, hielt die Hand hoch, um sie zurückzuhalten. Unter ihnen (denn nun schien die Welt voller heulender Wölfe) erinnerte er sich daran, daß Leute ihn zum Abendessen und zum Mittagessen eingeladen hatten, jetzt akzeptiert, jetzt nicht, und an sein Gefühl da auf der sonnigen Grasfläche von Kew, Herr der Lage zu sein, gleich wie er seinen Stock schwingen konnte, konnte er wählen, dies das, geh hierhin, dahin, brich Keksstücke ab und wirf sie den Wölfen hin, lies dies, sieh dir das an, treff dich mit ihm oder ihr, lande im Zimmer eines netten Burschen – »Allein in Kew?« wiederholte Mrs Sutton. »Sie allein?«

Ah! kläffte der Wolf ihm ins Ohr. Ah! seufzte er, wie er einen Augenblick lang in Erinnerung an die Vergangenheit ah geseufzt hatte beim See an diesem Nachmittag, bei irgendeiner Frau, die etwas Weißes stickte unter einem Baum mit vorbeiwatschelnden Gänsen, er hatte geseufzt, als er das übliche Bild sah, Liebende, Arm in Arm, wo es jetzt diesen Frieden gab, diese Gesundheit, hatte es einmal Untergang Sturm Verzweiflung gegeben; so erinnerte diese Wölfin Mrs Sutton ihn wieder; allein; ja ganz allein; aber er erholte sich, wie er sich vorhin erholt hatte, als die jungen Leute vorbeigingen, hatte dies gepackt, dies, was immer es war, und es festgehalten und war weitergegangen, voller Mitleid für sie.

»Ganz allein«, wiederholte Mrs Sutton. Das war es, was sie nicht begreifen konnte, sagte sie, mit einem verzweifelten Rucken ihres dunkel hellhaarigen Kopfes – glücklich zu sein, ganz allein.

»Ja«, sagte er.

Im Glück ist immer diese ungeheure Verzückung. Es ist nicht Ausgelassenheit; noch Taumel; noch Lob, Ruhm oder Gesundheit (er konnte keine zwei Meilen gehen, ohne müde zu werden), es ist ein mystischer Zustand, eine Trance, eine Ekstase, die, ungeachtet dessen, daß er atheistisch war, skeptisch, ungetauft und den ganzen Rest, wie er vermutete, mit jener Ekstase verwandt war, die Männer zu Priestern machte, Frauen in der Blüte ihres Lebens durch die Straßen trotten ließ mit gestärkten alpenveilchenähnlichen Krausen um die Gesichter, und entschlossenen Lippen und steinernen Augen; aber mit diesem Unterschied; sie machte es gefangen; ihn machte es frei. Es machte ihn frei von jeder Abhängigkeit von jemandem, von irgendwas.

Mrs Sutton fühlte das auch, als sie darauf wartete, daß er etwas sagte.

Ja er würde seinen Schlitten anhalten, aussteigen, die Wölfe sich um ihn drängen lassen, er würde ihre armen, raubgierigen Schnauzen streicheln.

»Kew war wunderschön – voller Blumen – Magnolien, Azaleen«, er konnte sich keine Namen merken, sagte er ihr.

Es war nichts, was sie zerstören konnten. Nein; aber wenn es so unerklärlich kam, konnte es so auch wieder gehen, hatte er gefühlt, als er Kew verließ, am Flußufer entlang nach Richmond ging. Ein Ast könnte herunterfallen; die Farbe könnte sich ändern; Grün zu Blau werden; oder ein Blatt zittern; und das wäre genug; ja; das wäre genug, um dieses erstaunliche Ding zu zersplittern, zerschmettern, gänzlich zu zerstören, dieses Wunder, diesen Schatz, der sein war sein gewesen war sein war immer sein sein mußte, dachte er, während er unruhig und nervös wurde, und ohne an Mrs Sutton zu denken, ließ er sie augenblicklich stehen und ging durch das Zimmer und nahm ein Papiermesser in die Hand. Ja; es war in Ordnung. Er hatte es immer noch.

# Vorfahren

Als Jack Renshaw diese dumme, ziemlich eingebildete Bemerkung darüber machte, daß er sich nicht gerne Kricketspiele ansähe, fühlte Mrs Vallance, daß sie ihn irgendwie darauf aufmerksam machen müßte, ihn, ja, und all die anderen junge Leute, die sie sah, verstehen lassen müßte, was ihr Vater gesagt hätte; wie verschieden ihr Vater und ihre Mutter, ja, und auch sie von all dem hier wären; und wie im Vergleich zu wirklich würdigen, einfachen Männern und Frauen wie ihrem Vater, wie ihrer lieben Mutter, all *dies* ihr so trivial vorkäme.

»Hier sind wir alle«, sagte sie plötzlich, »eingepfercht in diesem stickigen Zimmer, während auf dem Land zuhause – in Schottland« (sie schuldete es diesen törichten jungen Männern, die letzten Endes doch ganz nett waren, wenn auch ein bißchen zu klein, sie verstehen zu lassen, was ihr Vater, was ihre Mutter und auch sie selbst, denn sie war im Grunde ihres Herzens wie sie, fühlten).

»Sind Sie Schottin?« fragte er.

Er wußte es also nicht, er wußte nicht, wer ihr Vater war; daß er John Ellis Rattray war; und ihre Mutter Catherine Macdonald war.

Er hatte einmal eine Nacht in Edinburgh verbracht, sagte Mr Renshaw.

Eine Nacht in Edinburgh! Und sie hatte all diese wunderbaren Jahre dort verbracht – dort und in Elliottshaw, an der Grenze zu Northumbrien. Dort war sie wild zwischen den Johannisbeersträuchern aufgewachsen; dort waren die Freunde ihres Vaters hingekommen, und [sie] nur ein Mädchen, wie sie es war, hatte die wundervollsten Unterhaltungen ihrer Zeit gehört. Sie konnte sie immer noch sehen, ihren Vater, Sir Duncan Clements, Mr Rogers (der alte Mr Rogers war ihr Ideal eines griechischen Weisen), wie sie unter der Zeder saßen; nach dem Abendessen im Sternenlicht. Sie sprachen [über] alles in der ganzen Welt, schien es ihr jetzt; sie [waren zu] großmütig, um je über andere Leute zu lachen. Sie hatten sie gelehrt, das Schöne zu verehren. Was gab es Schönes in diesem stickigen Londoner Zimmer?

»Diese armen Blumen«, rief sie aus, denn Blütenblätter, ganz zerknittert und zerdrückt, eine Nelke oder zwei, wurden tatsächlich unter den Füßen zertreten; aber, fühlte sie, sie hatte Blumen fast zu gern. Ihre Mutter hatte Blumen geliebt; von klein auf war sie damit aufgewachsen zu fühlen, daß eine Blume zu verletzen, hieß, das Kostbarste der ganzen Natur zu verletzen. Die Natur war für sie immer eine Leidenschaft gewesen; die Berge, das Meer. Hier in London sah man aus dem Fenster und sah mehr Häuser – menschliche Wesen in kleinen Kästen übereinandergepackt. Es war eine Atmosphäre, in der sie unter keinen Umständen leben könnte; sie selbst. Sie könnte es nicht ertragen, in London spazierenzugehen und zu sehen, wie die Kinder auf den Straßen spielten. Sie war vielleicht zu empfindsam; das Leben wäre unmöglich, wenn jeder wäre wie sie, aber wenn sie sich an ihre eigene Kindheit erinnerte, und an ihren Vater und ihre Mutter, und das Schöne und die Sorgfalt, mit denen sie so verschwenderisch überschüttet wurden –

»Was für ein schönes Kleid!« sagte Jack Renshaw; und *das* schien ihr völlig falsch – daß ein junger Mann Frauenkleider überhaupt bemerkte.

Ihr Vater war voller Ehrerbietung vor Frauen, aber er hätte nie daran gedacht zu bemerken, was sie trugen. Und von all diesen Mädchen gab es keine einzige, die man hätte schön nennen können – wie ihre Mutter es in ihrer Erinnerung war – ihre liebe, stattliche Mutter, die sich sommers wie winters nie anders zu kleiden schien, ob sie Leute da hatten oder allein waren, aber immer wie *sie selbst* aussah in Spitzen, und als sie älter wurde, einer kleinen Haube. Als sie Witwe war, saß [sie] stundenlang zwischen ihren Blumen, und sie schien mehr mit Geistern zu sein als mit ihnen allen, träumte von der Vergangenheit, die, dachte Mrs Vallance, irgendwie so viel wirklicher ist als die Gegenwart. Aber wieso. Es ist in der Vergangenheit, mit jenen wundervollen Männern und Frauen, dachte sie, in der ich in Wirklichkeit lebe: sie sind es, die mich kennen, es sind nur jene Leute (und sie dachte an den sternenhellen Garten und die Bäume und den alten Mr Rogers, und ihren Vater, der in seinem weißen Leinenanzug rauchte), die mich verstanden. Sie spürte, wie ihre Augen weicher und tiefer wurden wie beim Kommen von Tränen, wie sie da in Mrs Dalloways Salon stand, nicht auf diese Leute sah, diese Blumen, diese schwatzende Menge, sondern auf sich selbst, jenes kleine Mädchen, das so weit reisen sollte, das Hornkümmel pflückte und sich dann in der Mansarde, die nach Kiefernholz roch, im Bett aufsetzte und Geschichten las, Gedichte. Sie hatte zwischen zwölf und fünfzehn den ganzen Shelley gelesen und ihn ihrem Vater aufgesagt, die Hände hinter dem Rücken verschränkt, während er sich rasierte. Die Tränen fingen an, unten in ihrem Hinterkopf aufzusteigen, als sie auf dieses Bild ihrer selbst sah, und das Leiden eines ganzen Lebens (sie hatte fürchterlich gelitten – das Leben war wie ein Rad über sie gefahren – das Leben war nicht, was es damals geschienen hatte – es war wie diese Gesellschaft) dem Kind hinzufügte, das dort stand und Shelley rezitierte; mit seinen dunklen wilden Augen. Aber was hatten sie nicht alles später gesehen. Und es waren nur jene Leute, jetzt tot, zur Ruhe gelegt im stillen Schottland, die sie gekannt hatten, die wußten, was zu sein sie in sich hatte – und jetzt kamen die Tränen näher, als sie an das kleine Mädchen im Baumwollkleid dachte; wie groß und dunkel ihre Augen waren; wie schön sie aussah, als sie die ›Ode an den Westwind‹ aufsagte; wie stolz ihr Vater auf sie war, und wie großartig er war, und wie großartig ihre Mutter war; und wie sie, wenn sie mit ihnen zusammen war, so rein so gut so begabt war, daß sie es in sich hatte, alles zu sein. Daß, wenn sie noch am Leben wären und sie immer mit ihnen in diesem Garten gewesen wäre (der ihr nun wie der Ort vorkam, an dem sie ihre ganze Kindheit verbracht hatte, und er war immer sternenhell, und es war immer Sommer, und sie saßen immer draußen unter der Zeder und rauchten, außer daß ihre Mutter irgendwie alleine träumte, in ihrer Witwenhaube zwischen ihren Blumen – und wie gut und freundlich und voller Respekt die alten Dienstboten waren, Andrewes der Gärtner, Jersy die Köchin; und der alte Sultan, der Neufundländer; und der wilde Wein, und der Teich, und die Pumpe – und Mrs Vallance, die sehr hitzig und stolz und satirisch aussah, verglich ihr Leben mit dem Leben anderer Menschen) und wenn dieses Leben für immer hätte weitergehen können, dann, fühlte Mrs Vallance, hätte nichts von all dem – und sie sah Jack Renshaw an und das Mädchen, dessen Kleider er bewunderte – überhaupt dasein können, und sie wäre oh vollkommen glücklich gewesen, vollkommen gut, wohingegen sie hier gezwungen war, einem jungen Mann zuzuhören, der sagte – und sie lachte fast verächtlich und doch waren Tränen in ihren Augen – daß er es nicht ertragen konnte, sich Kricketspiele anzusehen!

# Vorgestellt werden


Lily Everit sah, wie Mrs Dalloway von der einen Seite des Zimmers her auf sie zusteuerte, und sie hätte darum beten mögen, daß sie nicht käme, sie nicht störte; und doch, als Mrs Dalloway mit erhobener rechter Hand auf sie zukam und mit einem Lächeln, von dem Lily (obschon es ihre erste Gesellschaft war) wußte, daß es »aber du mußt aus deiner Ecke hervorkommen und Konversation machen« bedeutete, einem zugleich wohlmeinenden und rigorosen Lächeln, befehlend, empfand sie die sonderbarste Mischung aus Aufregung und Furcht, aus dem Wunsch, allein gelassen, und der Sehnsucht, hervorgeholt und in die brodelnde Tiefe gestürzt zu werden. Doch Mrs Dalloway wurde aufgehalten; gestoppt von einem alten Herrn mit weißem Schnurrbart, und so hatte Lily Everit zwei Minuten Aufschub, in denen sie den Gedanken an ihren Aufsatz über den Charakter von Dean Swift an sich drücken konnte, wie ein Ertrinkender einen Sparren im Meer, daran nippen konnte wie an einem Glas Wein, den Aufsatz, den heute früh Professor Miller mit drei roten Sternen versehen hatte: Ausgezeichnet. Ausgezeichnet; das wiederholte sie sich jetzt, aber das Stärkungsmittel wirkte inzwischen viel schwächer als vorhin, als sie noch vor dem hohen Glas stand, das ihre Schwester und Mildred das Hausmädchen leerten (ein Knuff hier, ein Klaps da). Denn als deren Hände sich an ihr zu schaffen machten, hatte sie das Gefühl, daß sie angenehm an der Oberfläche herumnestelten, doch darunter läge wie ein Klumpen glühenden Metalls unangetastet ihr Aufsatz über den Charakter von Dean Swift, und all das Lob, als sie die Treppe herunterkam und in der Diele stand und auf die Droschke wartete – Rupert war aus seinem Zimmer gekommen und hatte ihr gesagt, wie fabelhaft sie aussehe – kräuselte die Oberfläche, wie eine Windbrise Bänder bewegt, mehr aber nicht. Man teilte das Leben (dessen war sie sicher) in Tatsachen, diesen Aufsatz, und Phantasien, dieses Ausgehen, in Klippe und Woge, dachte sie, als sie fuhr und die Dinge mit einer solchen Intensität wahrnahm, daß sie für alle Zeiten die Wahrheit und sich selber sehen würde, eine weiße Spiegelung im dunklen Rücken des Fahrers unentwirrbar verwoben: den Augenblick der Vision. Als sie dann das Haus betrat, gleich als sie sah, wie die Leute die Treppe auf und ab gingen, erzitterte der harte Klumpen (ihr Aufsatz über Swifts Charakter), begann zu schmelzen, sie konnte ihn nicht länger im Griff behalten, und ihr ganzes Selbst (das nicht länger scharf wie ein Diamant war, welcher das Herz des Lebens durchtrennte) verwandelte sich in einen Nebeldunst aus Angst, Befürchtung und Verteidigung, indes sie bedrängt und gestellt in ihrer Ecke stand. Dies also war jener berühmte Ort: die Welt.

Während sie sich umsah, versteckte Lily Everit instinktiv diesen ihren Aufsatz, so beschämt war sie jetzt, auch so verwirrt, und dennoch auf Zehenspitzen, um alles klar zu erkennen und diese kleiner und größer werdenden Objekte (wie konnte man sie nennen? Menschen – Eindrücke menschlicher Leben?) in die rechte Proportion zu rücken (die Alten hatten sich schandbar geirrt), die sie zu bedrohen und zu überwältigen, die alles in Wasser zu verwandeln und ihr nur – darum würde sie nicht aufgeben – die Kraft übrigzulassen schienen, bedrängt und gestellt dazustehen.

Jetzt schob Mrs Dalloway, die ihren Arm nie ganz losgelassen und ihr durch die Art ihrer Bewegungen mitgeteilt hatte, während sie weitersprach, daß sie es nicht vergessen hätte, nur von dem alten Soldaten mit dem weißen Schnurrbart abgehalten würde, ihn wieder entschlossen hoch und wandte sich ihr voll zu und sagte zu dem schüchternen reizenden Mädchen mit dem blassen Teint, den klaren Augen, dem dunklen Haar, das sich poetisch um ihren Kopf bauschte, und dem dünnen Körper in einem Kleid, das an ihm herabzugleiten schien,

»Komm und laß mich dich vorstellen«, und da zögerte Mrs Dalloway, und als ihr wieder einfiel, daß Lily ja die Gescheite war, die Gedichte las, sah sie sich um nach einem jungen Mann, einem jungen Mann, der gerade aus Oxford herunter gekommen wäre und der alles gelesen hätte und über Shelley reden könnte. Und sie nahm Lily Everit an der Hand und führte sie hin zu einer Gruppe, wo sich junge Leute unterhielten, darunter Bob Brinsley.

Lily Everit blieb ein wenig zurück, hätte das schwanke, im Kielwasser eines Dampfers knicksende Segelboot sein können und fühlte, da Mrs Dalloway sie weiterleitete, daß es nunmehr gleich geschehe; daß nichts es jetzt verhindern oder sie davor bewahren würde, in einen Strudel gestürzt zu werden, wo sie entweder unterginge oder aber gerettet würde (und sie wünschte inzwischen nur noch, daß es schon vorüber wäre). Doch welches war der Strudel?

Ach, er bestand aus Abertausenden von Dingen, und alle waren sie so verschieden von ihr; die Westminster-Abtei; die Empfindung unerhört hoher feierlicher Gebäude, die sie umgaben; eine Frau sein. Vielleicht war dies es, was sich zu erkennen gab, was blieb, es ging zum Teil aus von der Kleidung, aber all die kleinen Galanterien und Aufmerksamkeiten des Salons – alles gab ihr das Gefühl, daß sie ihrer Puppe entschlüpft sei und nunmehr öffentlich zu etwas erklärt wurde, was sie in der bequemen Dunkelheit der Kindheit nie gewesen war – dieses gebrechliche und schöne Wesen, vor dem Männer sich verbeugten, dieses beengte und begrenzte Wesen, das nicht tun konnte, was es wollte, dieser Falter mit seinen tausendfacettigen Augen und seinen zarten feingezeichneten Flügeln und seinen Schwierigkeiten und Empfindlichkeiten und Traurigkeiten ohne Zahl; eine Frau.

Während sie mit Mrs Dalloway quer durch das Zimmer ging, nahm sie die Rolle an, die ihr nunmehr auferlegt war, und natürlich übertrieb sie sie ein wenig, wie ein Soldat übertreiben mag, der auf die Tradition einer alten und berühmten Uniform stolz ist, denn sie war sich, wie sie so ging, ihrer Eleganz bewußt; ihrer engen Schuhe; ihres geringelten und gewellten Haars; und wie sich ein Mann eilends nach ihrem Taschentuch bücken würde, sollte sie es fallenlassen (so etwas hatte es gegeben), und es ihr reichen würde; so daß sie die Zartheit, die Künstlichkeit ihres Gebarens auf unnatürliche Weise betonte, denn schließlich waren sie gar nicht ihre Sache.

Ihre Sache war es vielmehr, zu laufen und zu rennen und auf langen einsamen Spaziergängen nachzugrübeln, über Tore zu klettern, durch den Schlamm zu stapfen und durch den Dunst, den Traum, die Ekstase der Einsamkeit, in das Nest des Regenpfeifers zu spähen und die Kaninchen zu überraschen und tief in den Wäldern oder auf weiten einsamen Mooren unbeabsichtigt Zeugin kleiner Zeremonien ohne Publikum zu werden, privater Riten, Zeugin reiner Schönheit, dargeboten von Käfern und Maiglöckchen und welkem Laub und stillen Teichen, die sich nicht das mindeste daraus machten, was die Menschen von ihnen hielten, und die sie mit Verzückung und Staunen erfüllten und da festhielten, bis sie den Torpfosten anfassen mußte, um zu sich zu kommen – all dies war bis zum heutigen Abend ihr normales Selbst gewesen, als das sie sich kannte und sich selber gefiel und sich ins Herz von Mutter und Vater und Brüdern und Schwestern geschlichen hatte; und dieses andere war eine Blume, die sich innerhalb von zehn Minuten geöffnet hatte. Und zusammen mit der aufgeblühten Blume fand sich unbestreitbar auch deren Welt ein, so ganz verschieden, so ganz fremd; die Türme von Westminster; die hohen und förmlichen Gebäude; Konversation; diese Zivilisation, fühlte sie und blieb zurück, während Mrs Dalloway sie weiterführte, dieses geregelte Leben, das ihr wie ein Joch auf den Nacken fiel, sacht, unabwendbar, vom Himmel herab, eine Feststellung, die einfach nicht zu leugnen war. Ein schräger Blick hin zu ihrem Aufsatz, die drei roten Sterne bis zur Unkenntlichkeit verblaßt, doch friedlich, nachdenklich, als gäbe sie einem Druck von unbestreitbarer Gewalt nach, nämlich der Überzeugung, daß es nicht ihre Sache wäre, zu herrschen oder Behauptungen aufzustellen; die wäre es vielmehr, dieses geordnete Leben, wo alles bereits getan war, vorzuführen und zu verschönern; hohe Türme, feierliche Glocken, Wohnstätten, die Ziegel für Ziegel durch Männerarbeit erbaut worden waren, Kirchen durch Männerarbeit erbaut, auch Parlamente; und sogar das Gewirr der Telegrafendrähte, dachte sie, als sie ein paar Schritte machte und aus dem Fenster sah. Was hatte sie dieser massiven männlichen Leistung entgegenzusetzen? Einen Aufsatz über den Charakter von Dean Swift! Und als sie zu der Gruppe kam, die Bob Brinsley beherrschte (den Schuhabsatz auf dem Kaminvorsetzer, den Kopf zurückgeworfen), mit seiner großen ehrlichen Stirn und seinem selbstbewußten Auftreten und seiner Zartheit und Ehre und seinem robusten körperlichen Wohlbefinden und seinem Sonnenbrand und seiner Affektiertheit und direkten Abstammung von Shakespeare, was konnte sie da tun, als ihren Aufsatz, oh und dann gleich ihr ganzes Selbst, auf den Boden zu legen als einen Mantel, auf den er trampeln, als eine Rose, die er zerpflücken konnte. Was sie tat, mit Nachdruck tat, als Mrs Dalloway, die sie immer noch bei der Hand hielt, als würde sie vor dieser allerschwersten Prüfung davonlaufen, diese Vorstellung aussprach: »Mister Brinsley – Miss Everit. Beide haben Sie eine Vorliebe für Shelley.« Doch ihre Liebe war nichts im Vergleich zu der seinen.

Bei diesen Worten fühlte sich Mrs Dalloway absurd gerührt wie immer, wenn sie an ihre Jugend zurückdachte; junge Menschen begegneten sich auf ihren Gesellschaften, und es sprühte, als stieße Stahl auf Feuerstein (beide wurden nach ihrem Dafürhalten merklich steifer), das entzückendste und älteste aller Feuer, als sie bemerkte, wie sich Bob Brinsleys Gesichtsausdruck von Unachtsamkeit zu Höflichkeit, zu Förmlichkeit wandelte, während er Lily die Hand gab und, wie Clarissa Dalloway meinte, die Zärtlichkeit, die Güte, die Achtsamkeit der Frauen, die in allen Männern schlummert, ahnen ließ, für sie ein Anblick, der ihr die Tränen in die Augen trieb, und noch intimer berührte es sie, bei Lily selber den schüchternen, den aufgeschreckten Blick wahrzunehmen, gewiß den entzückendsten aller Blicke im Gesicht eines Mädchens; und der Mann, der dies für die Frau, und die Frau, die dies für den Mann empfindet, und aus diesem Kontakt gehen all die Familien, Prüfungen, Sorgen hervor, die tiefe Freude und die innig-einige Festigkeit im Angesicht der Katastrophe, der Mensch war im Grund seines Herzens gut, dachte Clarissa, und auf ihrem eigenen Leben (wenn sie ein Paar einander vorstellte, erinnerte sie das daran, wie sie Richard zum ersten Mal begegnet war!) lag unermeßlicher Segen. Und weiter ging sie.

Aber, dachte Lily Everit. Aber – aber – aber was?

Ach nichts, dachte sie hastig und erstickte sanft ihren scharfen Instinkt. [In direkter Linie von Shakespeare, dachte sie, und Parlamente und Kirchen, dachte sie, ach und auch die Telegrafendrähte, dachte sie, und ostentativ entschlossen bat sie Mr Brinsley, es ihr ohne weiteres abzunehmen, wenn sie ihm ihren Aufsatz über Dean Swift darböte, damit er damit tun könne, was ihm beliebte – auf ihm herumtrampeln und ihn vernichten –, denn wie konnte ein bloßes

Kind auch nur für einen Augenblick den Charakter von Dean Swift erfassen.] Ja, sagte sie. Sie lese gerne.

»Und vermutlich schreiben Sie auch?« fragte er. »Sicher Gedichte?«

»Aufsätze«, sagte sie. Und sie wollte dieses Entsetzen nicht von sich Besitz ergreifen lassen. [Sie wollte, daß man auf der Treppe ihr Taschentuch aufhöbe, wollte ein Falter sein.] Kirchen und Parlamente, Wohnungen, sogar die Telegrafendrähte – alles, sagte sie sich, hatten Männer unter Mühen geschaffen, und dieser junge Mann, sagte sie sich, stammte direkt von Shakespeare ab, also würde sie diesen Schrecken, diesen Verdacht, daß etwas sich ganz anders verhielt, keine Macht über sie gewinnen lassen, sonst schrumpften ihre Flügel, und es triebe sie hinaus in die Einsamkeit. Doch als sie sich dieses sagte, bemerkte sie, wie er – anders konnte sie es nicht beschreiben – eine Fliege ermordete. [Genau das.] Er riß einer Fliege die Flügel aus, den Fuß auf den Kaminvorsatz gestellt, den Kopf zurückgeworfen, und sprach dabei schamlos von sich selber, arrogant, doch es war ihr gleich, wie schamlos und arrogant er zu ihr war, wenn er nur zu Fliegen nicht grausam gewesen wäre.

Aber, sagte sie sich und unterdrückte nervös diesen Gedanken, warum eigentlich nicht, da er doch das Größte aller weltlichen Objekte ist? Und ihre Aufgabe es wäre, zu verehren, zu zieren, zu verschönen und verehrt zu werden, dazu wären ihre Flügel da. Doch er redete; doch er warf Blicke; doch er lachte; er riß einer Fliege die Flügel aus. Er zupfte ihr die Flügel mit seinen klugen starken Händen aus dem Rücken, und sie beobachtete, wie er es tat; und sie konnte dieses Wissen nicht vor sich selber verbergen. Doch es muß so sein, sagte sie sich und dachte an die Kirchen, an die Parlamente und die Wohnblöcke und versuchte damit, sich zu ducken und kleinzumachen und die Flügel flach an ihren Rücken zu falten. Aber – aber was war das, warum war das? Allem zum Trotz, was sie tun konnte, wurde ihr Aufsatz über den Charakter von Swift immer aufdringlicher, und die drei Sterne glühten wieder ziemlich hell, nur [in einem schrecklichen Licht,] nicht mehr klar und glänzend, sondern getrübt und blutbefleckt, als hätte dieser Mann, dieser große Mr Brinsley einfach dadurch, daß er beim Reden (über seine Aufsätze, über sich selber, und einmal lachte er auch über ein anwesendes Mädchen) einer Fliege die Flügel ausriß, ihr lichtes Selbst mit einer Wolke verdeckt und sie auf immer und ewig in Verwirrung gestürzt und die Flügel auf ihrem Rücken zusammenschrumpfen lassen, und als er sich von ihr fortwandte, dachte sie mit Grausen an die Türme und die Zivilisation, und das Joch, das ihr vom Himmel herunter auf ihren Nacken gefallen war, erdrückte sie, und sie fühlte sich wie eine nackte Elende, die in einem schattigen Garten Zuflucht gesucht hat und hinausgewiesen wird und der man zu verstehen gibt [(ach, es hatte aber auch etwas Leidenschaftliches)] – nein, daß es keine Zufluchtsstätten gibt oder Falter, in dieser Welt, und dieser Zivilisation, diesen Kirchen, Parlamenten und Wohnstätten – diese Zivilisation, sagte sich Lily Everit, als sie die höflichen Komplimente der alten Mrs Bromley über ihr Aussehen entgegennahm, hängt von mir ab, und später meinte Mrs Bromley, daß Lily wie alle Everits ausgesehen habe, »als trage sie auf ihren Schultern das Gewicht der ganzen Welt«.

Eine einfache Melodie

Was das Bild selbst betraf, so war es eine jener Landschaften, von der Laien annehmen, sie sei gemalt worden, als Königin Victoria sehr jung war und als es für junge Damen Mode war, Strohhüte in der Form von Kohleneimern zu tragen. Die Zeit hatte alle Verbindungslinien und Unebenheiten der Farbe verwischt und die Leinwand schien mit einer hauchdünnen Schicht, hier das blasseste Blau, da der tiefbraune Schatten, von weicher firnisartiger Lasur bedeckt. Es war ein Heidebild; und ein sehr schönes Bild.

Mr Carslake, jedenfalls, fand es sehr schön, denn, wie er da in der Ecke stand, von der aus er es betrachten konnte, hatte es die Kraft, sein Gemüt zu besänftigen und zu beruhigen. Es schien ihm, als brächte es den Rest seiner Emotionen – und wie diffus und durcheinander waren die an einer Abendgesellschaft wie dieser! – ins Gleichgewicht. Es war, als ob ein Fiedler ein ganz und gar leises altes englisches Lied spielte, während die Leute wetteten und holterdipolterten und fluchten, Taschen ausraubten, Ertrinkende retteten und erstaunliche – aber gänzlich unnötige – Bravourstücke an Geschicklichkeit lieferten. Er war unfähig, sich in Szene zu setzen. Alles was er konnte, war zu bemerken, daß Wembley sehr ermüdend sei; und daß er glaube, es würde kein Erfolg werden; und dergleichen mehr.[1] Miss Merewether hörte nicht zu; warum sollte sie schließlich? Sie spielte ihren Part; sie vollführte ein oder zwei ziemlich linkische Purzelbäume; das heißt, hüpfte von Wembley zur Persönlichkeit der Königin Mary[2], die sie wundervoll fand. Selbstverständlich dachte sie nichts dergleichen wirklich. Mr Carslake vergewisserte sich dessen, indem er auf das Heidebild sah. Alle menschlichen Wesen waren tief drinnen sehr einfach, fand er. Versetze Königin Mary, Miss Merewether und ihn selbst auf diese Heide; es wäre spät abends; nach Sonnenuntergang; und sie müßten ihren Weg zurück nach Norwich finden. Sofort würden sie alle ganz natürlich sprechen. Daran zweifelte er nicht.

Was die Natur betraf, so liebten wenige Leute sie mehr als er. Wäre er mit Königin Mary und Miss Merewether gewandert, hätte er häufig geschwiegen; und sie auch, er war sicher; still dahinschwebend; und er sah wieder auf das Bild; in jene glückliche und weit ernstere und erhabenere Welt, die zugleich soviel einfacher war als diese.

Gerade als er das dachte, sah er Mabel Waring³ in ihrem hübschen gelben Kleid hinausgehen. Sie sah erregt aus, angestrengter Ausdruck und unglückliche starre Augen, wie auch immer sie sich bemühte, beteiligt auszusehen.

Was war der Grund für ihr Unglücklichsein? Er sah wieder auf das Bild. Die Sonne war untergegangen, aber alle Farben leuchteten noch, so daß sie noch nicht lange untergegangen sein konnte, gerade erst hinter den braunen Heidehügel gewandert war. Das Licht paßte ausgezeichnet: und er stellte sich vor, daß Mabel Waring mit ihm und der Königin und Miss Merewether zurück nach Norwich wanderte. Sie würden über den Weg sprechen; wie weit er wäre; und ob dies die Art von Landschaft sei, die sie liebten; auch, ob sie Hunger hätten; und was sie zum Abendessen haben wollten. Das war ungezwungenes Sprechen. Sogar Stuart Elton⁴ – Mr Carslake sah ihn allein dastehen, wie er ein Papiermesser hoch in die Hände nahm und es in einer sehr eigentümlichen Art betrachtete – selbst Stuart, wäre er mit auf der Heide, würde es einfach fallenlassen, es einfach wegwerfen. Denn tief drinnen, selbst wenn Leute, die ihn flüchtig sahen, es nicht glauben würden, war Stuart die sanfteste, einfachste Kreatur, zufrieden, den ganzen Tag mit völlig unbedeutenden Menschen herumzuziehen, Menschen wie ihm, und diese Sonderlichkeit – es sah affektiert aus, in der Mitte eines Salons zu stehen und ein Schildpatt-Papiermesser in der Hand zu halten – war nichts als Gespreiztheit. Wenn sie einmal auf der Heide wären und nach Norwich zu wandern begännen, würden sie folgendes sagen: Ich finde, Gummisohlen sind ganz entscheidend. Aber ziehen sie nicht die Füße herunter? Ja – nein. Auf Grasland wie diesem sind sie perfekt. Und auf dem Pflaster? Und dann Socken und Sockenhalter; Männerkleidung, Frauenkleidung. Nun, sehr wahrscheinlich würden sie eine geschlagene Stunde über ihre eigenen Angewohnheiten sprechen; und dies alles auf die offenste leichteste Weise, so daß, angenommen er oder Mabel

Waring oder Stuart oder dieser zornig dreinblickende Kerl mit dem Zahnbürstenschnurrbart, der niemanden zu kennen schien[5] – angenommen jemand wollte Einstein erklären, oder eine Verlautbarung von sich geben – irgendetwas ganz Privates vielleicht – (er hatte dergleichen erlebt) – dann käme das ganz natürlich heraus.

Es war ein sehr schönes Bild. Wie alle Landschaften machte es einen traurig, weil diese Heide alle Menschen so lange überleben würde; doch die Traurigkeit – George Carslake wandte sich von Miss Merewether ab und starrte auf das Bild – entsprang so einfach dem Denken, daß sie still war, schön war, daß sie überdauern würde. Aber ich kann sie nicht ganz erklären, dachte er. Kirchen mochte er überhaupt nicht; ja, würde er sagen, daß er glaube, daß die Heide überdauern und sie alle zugrunde gehen würden und überdies, daß das richtig und daran nichts Trauriges sei – würde er lachen; augenblicklich würde er diesen törichten sentimentalen Quatsch verwerfen. Denn das wäre er, ausgesprochen: doch nicht, meinte er, gedacht. Nein, er würde seinen Glauben nicht aufgeben, daß am Abend über eine Heide zu wandern vielleicht die beste Art war, seine Zeit zu verbringen.

Man stieße auf Vagabunden und bestimmt auf sonderliche Leutchen. Jetzt ein kleines verlassenes Gehöft; jetzt ein Mann und ein Karren; gelegentlich – aber das wäre vielleicht etwas zu romantisch – ein Mann auf einem Pferd. Sehr wahrscheinlich wären Hirten da: eine Windmühle: oder wenn die fehlten, irgendein Strauch gegen den Himmel, oder eine Karrenfurche, die die Kraft hatte – wieder zitterte er bei so törichten Worten – »Unterschiede zu versöhnen – einen an Gott glauben zu lassen.« Dies Allerletzte tat im nahezu weh! An Gott zu glauben, allerdings! Wo doch alle Kraft der Vernunft gegen die irre und feige Idiotie eines solchen Sprechens rebellierte! Ihm schien, als sei er den Worten auf den Leim gegangen. »An Gott glauben.« Woran er glaubte, das war ein einfaches Gespräch um des Gesprächs willen mit Menschen wie Mabel Waring, Stuart Elton und der Königin von England – auf einer Heide. Wenigstens bereitete es ihm großes Wohlbehagen, daß sie viele Gemeinsamkeiten hätten – Schuhe, Hunger, Erschöpfung. Doch dann konnte er sich Stuart Elton vorstellen, wie er zum Beispiel plötzlich stehenblieb, oder in

Schweigen verfiel. Würde man ihn fragen, Was denken Sie? würde er vielleicht sagen, ganz und gar nichts, oder eine Unwahrheit aussprechen. Vielleicht war er nicht fähig, die Wahrheit zu sagen.

Wieder sah Mr Carslake auf das Bild. Er war beunruhigt von dem Gefühl einer Entrücktheit. Ja, die Menschen dachten über vieles nach, malten vieles. Ja, diese Zusammenkünfte auf der Heide werden Unterschiede nicht versöhnen, dachte er; aber er blieb dabei, er glaubte eben dies – daß die einzigen Unterschiede, die übrig bleiben (dort draußen, mit diesem Heidestrich in der Ferne, und nirgends einem Haus, das die Sicht stört), fundamentale Unterschiede sind – wie der zwischen dem, was der Mann, der das Bild gemalt hat, gedacht hat, und dem, was Stuart Elton dachte – an was wohl? Es war vermutlich irgendeine Art von Glauben.

Immerhin, sie schritten weiter; denn die Hauptsache beim Wandern ist, daß niemand sehr lange stehenbleiben kann; man muß sich aufraffen, und auf einer langen Wanderung ist Erschöpfung, und der Wunsch, der Erschöpfung ein Ende zu setzen, für die Philosophischsten, oder selbst für die, die von der Liebe und ihren Qualen abgelenkt sind, ein überwältigender Grund, die Gedanken auf das Heimkommen zu richten.

Jede Wendung, die er gebrauchte, herrjeh, klimperte in seinen Ohren mit einem scheinreligiösen Beigeschmack »Heimkommen« – die Gläubigen hatten die Wendung in Beschlag genommen. Das hieß, in den Himmel kommen. Sosehr er nachdachte, er konnte kein unverbrauchtes neues Wort finden, das durch den Gebrauch Anderer nicht zerknüllt und zerknittert worden war, aus dem der Saft heraus war.

Nur wenn er wanderte, mit Mabel Waring, Stuart Elton, der Königin von England und diesem finsteren glupschäugig dreinblickenden abweisenden Mann da, hörte dieser melodiöse Singsang auf. Vielleicht war man durch die frische Luft etwas verroht. Durst verrohte; ein Bläschen an der Ferse. Wenn er dort wanderte, hatte alles etwas Hartes und Frisches: kein Durcheinander; kein Gewusel; die Trennung zwischen dem Bekannten und Unbekannten war zumindest so deutlich wie der Rand eines Teiches – hier trockenes Land, da Wasser. Jetzt überkam ihn ein merkwürdiger Gedanke – daß Gewässer für die Menschen auf Erden eine Anziehungskraft besaßen.

Wenn Stuart Elton zum Papiermesser griff oder Mabel Waring aussah, als wollte sie gerade in Tränen ausbrechen, und dieser Mann mit dem Zahnbürstenschnurrbart glotzte, dann deshalb, weil sie alle ans Wasser wollten. Nur was war das Wasser? Verstehen vielleicht. Es mußte jemanden geben, der so übernatürlich begabt, so sehr in Übereinstimmung mit allen Seiten der menschlichen Natur war, daß er dieses Stillschweigen und Unglücklichsein, die der Unfähigkeit entsprangen, sein Gemüt mit dem anderer Menschen in Übereinstimmung zu bringen, vollkommen richtig verstand. Stuart Elton tauchte ein: Mabel tauchte. Einige gingen unter und waren's zufrieden; andere kamen keuchend nach oben. Er war erleichtert, sich bei dem Gedanken an den Tod als einem Sprung in einen Teich zu ertappen; denn er war davon beunruhigt, daß er sich instinktiv, in einem unbedachten Augenblick, in Wolken und Himmel erheben und die uralte bequeme Gestalt auftakeln würde, die alten fließenden Gewänder, die milden Augen und die wolkenartige Umhüllung.

In dem Teich, hingegen, gab es Molche und Fische und Schlamm. Das besondere an dem Teich war, daß man ihn sich selbst erschaffen mußte; neu, nagelneu. Nie wieder wollte man in den Himmel entrückt werden, um da zu singen und die Toten zu treffen. Man wollte etwas hier und jetzt. Verstehen bedeutete eine Lebenssteigerung; die Kraft zu sagen, was man nicht sagen konnte; solch vergebliche Vorstöße zu machen wie Mabel Waring – er wußte, ihre Art plötzlich etwas wider ihre Natur zu tun, eher bestürzend und verwegen, würde ankommen – statt fehlzuschlagen und sie tiefer in ihre Betrübnis zu stürzen.

Und der alte Fiedler spielte seine Melodie, während George Carslake von dem Bild auf die Leute sah und wieder zurück. Sein rundes Gesicht, sein ziemlich quadratisch gebauter Körper strahlten eine philosophische Ruhe aus, die ihm, sogar unter all diesen Leuten, den Ausdruck von Gelöstheit, von Ruhe, von Friedlichkeit verlieh, der nicht träge war, sondern wach. Er hatte sich hingesetzt, und Miss Merewether, die sich leicht hätte wegtreiben lassen können, saß neben ihm. Die Leute sagten von ihm, daß er sehr brillante Tischreden hielte. Sie sagten, er hätte nie geheiratet, weil seine Mutter ihn brauchte. Keiner hielt ihn, hingegen, für einen heldenhaften Charakter – es gab nichts Tragisches an ihm. Er war Anwalt. Steckenpferde (Vorlieben?), Fähigkeiten über seinen tüchtigen Verstand hinaus, hatte er keine besonderen – außer daß er wanderte. Man ließ ihn gewähren, mochte ihn, bespöttelte ihn ein wenig, denn er hatte nichts Nennenswertes vollbracht, und er hatte einen Butler, der wie ein älterer Bruder war.

Doch Mr Carslake zerbrach sich nicht den Kopf. Die Menschen waren sehr einfach – Männer und Frauen gleichermaßen; es war höchst bedauerlich, mit irgend jemandem zu streiten; und er tat es wirklich nie. Was nicht heißt, daß er nicht manchmal verletzt war; unverhofft. Da er in der Nähe von Gloucester lebte, war er von einer absurden Reizbarkeit, wenn es um die Kathedrale ging; er vertrat ihre Sache, er nahm jede Kritik übel, als ob er mit der Kathedrale blutsverwandt wäre. Aber über seinen eigenen Bruder ließ er jeden sagen, was ihm beliebte. Auch durfte ihn jeder wegen seines Wanderns auslachen. Seine Natur war ganz und gar glatt aber nicht weich; und plötzlich sprangen kleine Dorne hervor – wegen der Kathedrale, oder irgendeiner schreienden Ungerechtigkeit.

Der alte Fiedler fiedelte seine einfache Melodie in diesem Sinne: Wir sind nicht hier, sondern auf der Heide, wir wandern zurück nach Norwich. Die spitze, geltungssüchtige Miss Merewether, die gesagt hatte, daß die Königin »wundervoll« sei, hatte sich der Gruppe zugesellt unter der Bedingung, daß sie keinen törichten Blödsinn mehr verzapfe, an den sie nicht glaubte. »Crome-Schule?« sagte sie, als sie das Bild betrachtete.[6]

Also gut. Nachdem das geklärt war, wanderten sie weiter, es mochte sich um sechs oder sieben Meilen handeln. Es passierte George Carslake häufig; daran war nichts Sonderbares – an diesem Gefühl an zwei Orten gleichzeitig zu sein, mit nur einem Körper hier in einem Londoner Salon, doch so zerrissen, daß der Frieden der Landschaft, ihre entschiedene Kargheit und Härte, [ihre Stimmung?] auf diesen Körper Einfluß nahmen. Er streckte die Beine. Er fühlte die Brise auf der Wange. Vor allem fühlte er, wir alle hier sind, oberflächlich besehen, sehr verschieden, aber nun vereint; wir mögen herumstreunen; wir mögen das Wasser suchen; doch ganz und gar wahr ist, daß wir alle gelassen, freundlich, körperlich ungezwungen sind.

Reiß all diesen Kleiderkram herunter, meine Liebe, dachte er, während er zu Mabel Waring hinübersah. Mach ein Bündel daraus. Dann dachte er, mach dir keine Sorgen, mein lieber Stuart, über deine Seele, über ihre extreme Unähnlichkeit mit der Seele irgendeines anderen. Der glotzende Mann schien ihm absolut erstaunlich.

Es war unmöglich, dies in Worte zu fassen, und es war unnötig. Unter dem zappeligen Geflatter dieser kleinen Kreaturen gab es immer ein tiefes Reservoir: und die einfache Melodie machte daraus, ohne das auszudrücken, etwas Merkwürdiges – sie kräuselte es, verflüssigte es, ließ es vor- und zurücklaufen, ließ einen in den Tiefen seines Wesens erzittern, so daß diesem Teich die ganze Zeit Ideen entsprangen und einem ins Gehirn sprudelten. Ideen, die zur Hälfte Gefühle waren. Diese Art emotionaler Qualität hatten sie. Es war unmöglich, sie zu analysieren – zu sagen, ob sie im großen und ganzen glücklich oder unglücklich waren, fröhlich oder traurig.

Er wünschte sich die Gewißheit, daß alle Menschen gleich seien. Er fühlte, daß er, sollte er es beweisen können, ein großes Problem gelöst hätte. Aber war das wahr? Er sah immer noch auf das Bild. Versuchte er nicht, den Menschen, die von ihrer ureigensten Natur her gegensätzlich, verschieden sind, auf Kriegsfuß stehen, einen Anspruch aufzudrängen, der vielleicht unangemessen ist – eine Einfachheit, die nicht zu ihrer Natur gehört? Kunst hat sie, diese Einfachheit; ein Bild hat sie; aber Menschen fühlen sie nicht. Diese Gemütszustände, wenn man wandert, in der Gruppe, über eine Heide, schaffen ein Gefühl von Gleichheit. Andererseits schafft gesellschaftlicher Umgang, wenn jeder glänzen und seinen eigenen Standpunkt zur Geltung bringen möchte, Ungleichheit; und was hat größere Tiefe?

Er versuchte dieses sein Lieblingsthema zu analysieren – wandern, verschiedene Menschen wandern nach Norwich. Sogleich dachte er an die Lerche, den Himmel, die Aussicht. Gedanken und Gefühle des Wanderers kamen weitgehend durch diese Einflüsse von außen zustande. Wandergedanken waren zur Hälfte Himmel; könnte man sie einer chemischen Analyse unterziehen, würde man feststellen, daß in ihnen einige Körnchen Farbe steckten, einige Gallonen oder Viertel oder Halbliter Äther sie umgaben. Das machte sie sogleich ätherischer, unpersönlicher. Aber in diesem Zimmer stießen Gedanken aufeinander wie Fische in einem Netz, kämpfend, sich gegenseitig die Schuppen abschürfend, und durch die Anstrengung zu entkommen – denn alles Denken war eine Anstrengung, Gedachtes aus dem Hirn des Denkenden entkommen zu lassen, an jedem Hindernis so vollständig wie möglich vorbei: jede Gesellschaft ist ein Versuch, sich jedweden Gedankens, sobald er auftaucht, zu bemächtigen, ihn zu beeinflussen, zu minimalisieren und zu zwingen, einem anderen zu weichen.

Also konnte er beobachten, wie ein jeder jetzt beschäftigt war. Nur war es, genau genommen, nicht Denken; es war Sein, man selbst zu sein, das hier im Streit lag mit anderen Seienden und Ichs. Hier gab es keine unpersönliche Farbmischung: hier die Wände, Lichter, die Häuser draußen, alles zur Bekräftigung des Menschseins, man selbst zu sein als Ausdruck des Menschlichseins. Die Menschen drückten sich aneinander; rieben sich gegenseitig den Schmelz ab; oder, denn es ließ sich auch andersherum sagen, sie stimulierten und bewirkten eine erstaunliche Belebung, brachten einander zum Leuchten.

Ob Vergnügen oder Qual vorherrschten, konnte er nicht sagen. Auf der Heide, da bestünde kein Zweifel. Während sie wanderten – Merewether, die Königin, Elton, Mabel Waring und er – spielte der Fiedler; weit davon entfernt, sich gegenseitig die Schuppen abzuschürfen, schwammen sie Seite an Seite in höchstem Wohlbefinden.

Es war ein schönes Bild, ein sehr schönes Bild.

Er verspürte immer stärker den Wunsch, dort zu sein, auf der Norfolk Heide, so war es.

Dann erzählte er Miss Merewether eine Geschichte von seinem kleinen Neffen in Wembley; und während er sie erzählte, hatte sie die Empfindung, die seine Freunde immer hatten, daß George Carslake, obwohl er einer der reizendsten Menschen sei, den sie je kennengelernt hätte, ein Buch mit sieben Siegeln sei, ein seltsamer Fisch. Es ließ sich nicht sagen, worauf er hinauswollte. Hatte er überhaupt Gefühle, fragte sie sich? Sie lächelte, wenn sie an seinen Butler dachte. Und dann machte er sich auf, [das war's also –?] sagte er – kehrte nach [Dittering] zurück, den nächsten Tag.

## Die Faszination des Teichs

Es mochte sein, daß er sehr tief war – jedenfalls konnte man nicht bis auf den Grund sehen. Rund um den Rand war ein so dichter Saum von Binsen, daß ihre Spiegelungen ein Dunkel wie das Dunkel sehr tiefen Wassers hervorriefen. Aber in der Mitte war etwas Weißes. Der große Bauernhof eine Meile weiter sollte verkauft werden, und ein eifriger Mensch, oder vielleicht hatte ein Junge sich auch einen Scherz erlaubt, hatte eins der Plakate, die den Verkauf annoncierten, mit Arbeitspferden, landwirtschaftlichen Geräten und jungen Färsen, an einem Baumstumpf am Rand des Teichs befestigt. Die Mitte des Wassers spiegelte das weiße Plakat wider, und wenn der Wind wehte, schien die Mitte des Teichs zu fließen und sich zu kräuseln wie ein Wäschestück. Man konnte die großen roten Buchstaben, in denen Romford Mill gedruckt war, im Wasser aufspüren. Ein Hauch von Rot war in dem Grün, das sich von Ufer zu Ufer kräuselte.

Aber wenn man sich zwischen die Binsen setzte und den Teich beobachtete – Teiche haben eine merkwürdige Faszination, man weiß nicht was – schienen die roten und schwarzen Buchstaben und das weiße Papier sehr dünn auf der Oberfläche zu liegen, während sich darunter ein tiefgründiges Unterwasserleben zutrug wie das Brüten, das Sinnieren eines Geistes. Viele, viele Menschen mußten allein dorthin gekommen sein, von Zeit zu Zeit, von Zeitalter zu Zeitalter, um ihre Gedanken ins Wasser fallenzulassen, ihm irgendwelche Fragen zu stellen, wie man selbst es an diesem Sommerabend tat. Vielleicht war das der Grund für seine Faszination – daß er in seinen Wassern alle Arten von Wunschträumen, Klagen, Geheimnissen bewahrte, nicht gedruckt oder laut ausgesprochen, sondern in einem flüssigen Zustand, eins über dem anderen schwebend, fast entkörperlicht. Ein Fisch würde durch sie hindurchschwimmen, entzweigeschnitten werden von der Klinge eines Schilfhalms; oder der Mond würde sie mit seiner großen weißen Scheibe auslöschen. Der Zauber des Teichs lag darin, daß dort Gedanken von Menschen zurückgelassen worden waren, die weggegangen waren, und ohne ihre Körper wanderten ihre Gedanken frei ein und aus, freundlich und mitteilsam, im gemeinsamen Teich.

Unter all diesen flüssigen Gedanken schienen einige zusammenzuhängen und erkennbare Personen zu formen – nur für einen Augenblick. Und man sah ein backenbärtiges rotes Gesicht im Teich geformt, sich über ihn beugen, ihn trinken. Ich kam 1851 hierher, nach der Hitze der Weltausstellung. Ich sah, wie die Königin sie eröffnete.[1] Und die Stimme kicherte flüssig auf, leichthin, als hätte der, dem sie gehörte, seine Stiefeletten ausgezogen und seinen Zylinder an den Rand des Teichs gelegt. Hergott, wie heiß es war! und jetzt alles vergangen, alles zerbröckelt, natürlich, schienen die Gedanken zu sagen, wie sie zwischen den Schilfhalmen schwankten. Aber ich habe geliebt, fing ein anderer Gedanke an, glitt lautlos und ordentlich über den anderen wie Fische, die einander nicht behindern. Ein Mädchen; wir sind oft vom Bauernhof heruntergekommen (das Plakat seines Verkaufs wurde auf der Fläche des Wassers widergespiegelt), in jenem Sommer, 1662. Die Soldaten auf der Straße haben uns nie gesehen. Es war sehr heiß. Wir lagen hier. Sie lag mit ihrem Liebhaber verborgen in den Binsen, lachte in den Teich und ließ Gedanken von ewiger Liebe, von feurigen Küssen und Verzweiflung in ihn hineingleiten. Und ich war sehr glücklich, sagte ein anderer Gedanke, der munter über die Verzweiflung des Mädchens (denn es hatte sich ertränkt) hinweglugte. Ich habe hier oft gefischt. Wir haben den Riesenkarpfen nie gefangen, aber wir haben ihn einmal gesehen – an dem Tag, an dem Nelson vor Trafalgar kämpfte.[2] Wir sahen ihn unter der Weide – bei Gott! was für ein gewaltiger Bursche er war! Es heißt, er wurde nie gefangen. O weh, o weh, seufzte eine Stimme, schlüpfte über die Stimme des Jungen. Eine so traurige Stimme mußte vom tiefsten Grund des Teiches kommen. Sie hob sich unter die anderen wie ein Löffel alle Dinge in einer Wasserschüssel hebt. Dies war die Stimme, der wir alle zuzuhören wünschten. Alle Stimmen schlüpften sanft davon an die Seite des Teichs, um der Stimme[3] zuzuhören, die, so traurig sie schien – gewiß den Grund für all dies wissen mußte. Denn sie alle wollten es wissen.

Man rückte näher an den Teich heran und teilte das Schilf, damit man tiefer sehen konnte, durch die Spiegelungen, durch die Gesichter, durch die Stimmen bis zum Grund. Aber dort unter dem Mann, der auf der Ausstellung gewesen war; und dem Mädchen, das sich ertränkt hatte und dem Jungen, der den Fisch gesehen hatte; und der Stimme, die o weh, o weh! rief, war doch immer etwas anderes. Da war immer ein anderes Gesicht, eine andere Stimme. Ein Gedanke kam und bedeckte einen anderen. Denn obwohl es Augenblicke gibt, in denen ein Löffel dabei zu sein scheint, uns alle, und unsere Gedanken und Sehnsüchte und Fragen und Geständnisse und Enttäuschungen ins Licht des Tages zu heben, schlüpft der Löffel irgendwie immer hinab und wir fließen wieder zurück über den Rand in den Teich. Und wieder ist seine ganze Mitte zugedeckt mit der Spiegelung des Plakats, das den Verkauf von Romford Mill Farm annonciert. Das ist es vielleicht, weshalb man so gerne sitzt und in Teiche sieht.

# Drei Bilder

### Das erste Bild

Es ist unmöglich, keine Bilder zu sehen; denn wenn mein Vater Hufschmied wäre und deiner ein hoher Adliger des Reiches, müßten wir notwendigerweise füreinander Bilder sein. Wir können unmöglich aus dem Rahmen des Bildes ausbrechen, indem wir gewöhnliche Worte sprechen. Du siehst mich mit einem Hufeisen in der Hand in der Tür der Schmiede lehnen, und du denkst im Vorbeigehen: »Wie malerisch!« Ich, der ich dich so absolut ungezwungen in deinem Wagen sitzen sehe, fast als wolltest du jeden Augenblick das Volk grüßen, denke, was für ein Bild des alten luxuriösen aristokratischen England! Wir beide liegen mit unseren Urteilen recht falsch, kein Zweifel, aber das ist unumgänglich.

So sah ich eben an der Biegung der Straße eines dieser Bilder. Es hätte »Die Heimkehr des Seemannes« heißen oder einen ähnlichen Titel tragen können. Ein schmucker junger Seemann, der ein Bündel trägt; ein Mädchen, das die Hand auf seinen Arm gelegt hat; Nachbarn, die sich um sie scharen; ein Cottage-Garten lodernd vor Blumen; im Vorbeigehen las man am unteren Rand des Bildes, daß der Seemann aus China zurück war, und in der Stube wartete ein reich gedeckter Tisch auf ihn; und er hatte ein Geschenk für seine junge Frau in seinem Bündel; und sie würde ihm bald ihr erstes Kind tragen. Alles war richtig und gut und wie es sein sollte, spürte man bei diesem Bild. Es war etwas Gesundes und Befriedigendes im Anblick derartigen Glücks; das Leben schien süßer und beneidenswerter als zuvor.

Dies denkend ging ich an ihnen vorbei, ergänzte das Bild so voll, so vollständig wie ich konnte, vermerkte die Farbe ihres Kleides, seiner Augen, sah die sandfarbene Katze um die Tür des Cottage streichen.

Eine ganze Weile trieb das Bild vor meinen Augen, ließ die meisten Dinge viel heller, wärmer und einfacher erscheinen als üblich; und ließ manche Dinge dumm erscheinen; und manche Dinge falsch und manche Dinge richtig, und von größerer Bedeutung als zuvor. An diesem Tag und am nächsten kehrte das Bild einem immer wieder ins Gedächtnis zurück, und man dachte mit Neid, aber mit Freundlichkeit, an den glücklichen Seemann und seine Frau; und fragte sich, was sie taten, was sie jetzt sagten. Die Phantasie ergänzte andere Bilder, die jenem ersten entsprangen, ein Bild des Seemanns, wie er Feuerholz schlug, Wasser pumpte; und sie sprachen über China; und das Mädchen stellte sein Geschenk auf den Kaminsims, wo jeder, der kam, es sehen konnte; und sie nähte an ihren Babykleidern, und alle Türen und Fenster waren zum Garten hin offen, so daß die Vögel flatterten und die Bienen summten, und Rogers – das war sein Name – konnte nicht sagen, wie sehr dies alles ihm nach den chinesischen Meeren behagte. Während er seine Pfeife rauchte, mit dem Fuß im Garten.

Das zweite Bild

Mitten in der Nacht hallte ein lauter Schrei durch das Dorf. Dann war ein schlurfendes Geräusch zu hören; und dann Totenstille. Alles, was man vom Fenster aus sehen konnte, war der Zweig des Fliederbusches, der reglos und schwerfällig über die Straße hing. Es war eine heiße stille Nacht. Es gab keinen Mond. Der Schrei ließ alles unheilvoll wirken. Wer hatte geschrien? Warum hatte sie geschrien? Es war eine Frauenstimme, von irgendeinem überwältigenden Gefühl fast geschlechtslos gemacht, fast ausdruckslos. Es war, als hätte die menschliche Natur angeschrien gegen eine Schändlichkeit, gegen ein unaussprechliches Entsetzen. Es herrschte Totenstille. Die Sterne schimmerten vollkommen unbewegt. Die Felder lagen still. Die Bäume waren reglos. Und doch schien alles schuldig, verurteilt, unheilvoll. Man fühlte, daß etwas getan werden müßte. Ein Licht müßte schwankend erscheinen, sich aufgeregt bewegen. Jemand müßte im Laufschritt die Straße entlangkommen. Es müßte Lichter in den Fenstern der Cottages geben. Und dann vielleicht noch einen

Schrei, aber weniger geschlechtslos, weniger wortlos, getröstet, besänftigt. Aber kein Licht kam. Keine Schritte waren zu hören. Es gab keinen zweiten Schrei. Der erste war verschluckt worden, und es herrschte Totenstille.

Man lag in der Dunkelheit und lauschte angespannt. Es war nur eine Stimme gewesen. Es gab nichts, womit man sie verbinden konnte. Kein Bild irgendwelcher Art kam, sie zu deuten, sie dem Bewußtsein verständlich zu machen. Aber als die Dunkelheit sich schließlich erhob, sah man nur eine obskure menschliche Gestalt, fast ohne Form, die vergeblich einen gigantischen Arm gegen eine überwältigende Schändlichkeit hob.

Das dritte Bild

Das schöne Wetter hielt ungebrochen an. Wäre jener einzelne Schrei in der Nacht nicht gewesen, hätte man das Gefühl gehabt, die Erde sei in den Hafen eingelaufen; das Leben habe aufgehört, vor dem Wind zu fahren; daß es eine ruhige Bucht erreicht hatte und dort, fast ohne eine Bewegung, auf den stillen Wassern vor Anker lag. Aber das Geräusch blieb beharrlich. Wohin immer man ging, und mochte es ein langer Spaziergang hinauf in die Hügel sein, schien sich etwas voller Unbehagen unter der Oberfläche zu rühren und ließ den Frieden, die Beständigkeit um einen herum ein bißchen unwirklich erscheinen. Da waren die Schafe zusammengedrängt an der Flanke des Hügels; das Tal brach sich in langen, spitz zulaufenden Wellen wie das Fallen glatter Wasser. Man kam an einsame Bauernhöfe. Das Hundebaby kugelte durch den Hof. Die Schmetterlinge tänzelten über dem Ginster. Alles war so ruhig, so sicher wie es sein konnte. Trotzdem, dachte man immer wieder, ein Schrei hatte es zerrissen; all diese Schönheit war in jener Nacht ein Komplize gewesen; hatte eingewilligt ruhig zu bleiben, immer noch schön zu sein; jeden Augenblick mochte sie erneut aufgerissen werden. Dieses Gute, diese Sicherheit gab es nur an der Oberfläche.

Und dann, um sich aus der furchtsamen Stimmung herauszulösen, wandte man sich dem Bild von der Heimkehr des Seemannes zu.

Man sah es noch einmal vor sich, produzierte diverse kleine Einzelheiten – die blaue Farbe ihres Kleides, den Schatten, der von dem gelb blühenden Baum fiel – die man vorher nicht benutzt hatte. So hatten sie in der Tür des Cottage gestanden, er mit dem Bündel auf dem Rücken, sie ganz leicht seinen Ärmel mit der Hand berührend. Und eine sandfarbene Katze war um die Tür gestrichen. Indem man das Bild so Schritt für Schritt in allen Einzelheiten durchging, überzeugte man sich allmählich davon, daß es weit wahrscheinlicher war, daß diese Ruhe, diese Zufriedenheit, dieses Wohlwollen unter der Oberfläche lagen statt etwas Verräterischem, Sinistrem. Die grasenden Schafe, die Wellen des Tals, der Bauernhof, das Hundebaby, die tanzenden Schmetterlinge waren tatsächlich durch und durch ganz so. Und so wandte man sich zurück nach Hause, die Gedanken auf den Seemann und seine Frau gerichtet, erfand Bild um Bild von ihnen, so daß ein Bild von Glück und Zufriedenheit nach dem anderen über diese Unruhe, diesen gräßlichen Schrei gelegt werden konnte, bis er durch ihren Druck in seiner Existenz zermalmt und erstickt wurde.

Hier endlich war das Dorf, und der Kirchhof, über den man gehen mußte; und als man ihn betrat, kam einem der übliche Gedanke, an die Friedlichkeit des Ortes, mit seinen schattigen Taxusbäumen, seinen glattgeriebenen Grabsteinen, seinen namenlosen Gräbern. Hier ist der Tod heiter, fühlte man. Wirklich, sieh dir dieses Bild an! Ein Mann hob ein Grab aus, und Kinder hielten am Rand ein Picknick ab, während er arbeitete. Während die Schaufeln gelber Erde hochgeworfen wurden, rekelten sich die Kinder, aßen Brot und Marmelade und tranken Milch aus großen Bechern. Die Frau des Totengräbers, eine dicke blonde Frau, saß an einen Grabstein gelehnt und hatte ihre Schürze auf dem Gras neben dem offenen Grab ausgebreitet, damit sie als Teetisch diente. Ein paar Klumpen Lehm waren zwischen die Teesachen gefallen. Wer sollte beerdigt werden, fragte ich. War der alte Mr Dodson letzte Nacht gestorben? »Oh nein. Es ist für den jungen Rogers, den Seemann«, antwortete die Frau, starrte mich an. »Er ist vor zwei Nächten gestorben, an einem ausländischen Fieber. Haben Sie seine Frau nicht gehört? Sie rannte auf die Straße und schrie... Hier, Tommy, du bist ja ganz voll Erde!«

Was für ein Bild das abgab!

# Szenen aus dem Leben eines britischen Marineoffiziers

Die wälzenden Wasser des Roten Meeres rauschten an der Luke vorbei; gelegentlich sprang ein Delphin hoch in die Luft, oder ein fliegender Fisch explodierte als Feuerbogen mitten in der Luft. Kapitän Brace saß in seiner Kabine, eine Karte auf der weiten Gleichförmigkeit des Tisches vor sich ausgebreitet. Sein Gesicht sah aus wie geschnitzt, als wäre es von einem Neger aus einem gut abgelagerten Baumstamm herausgeschnitten worden, wäre fünfzig Jahre lang poliert worden, wäre in einer tropischen Sonne getrocknet worden; hätte in der eisigen Kälte draußen gestanden; wäre von tropischen Regengüssen durchweicht worden; wäre dann vor untertänig im Staub liegenden Menschenmengen als ihr Götze errichtet worden. Es hatte den unerforschlichen Ausdruck des Götzen angenommen, dem viele Jahrhunderte lang Fragen gestellt wurden, ohne je eine Antwort aus ihm herauszulocken.

Die Kabine enthielt keine Möbel außer dem weiten Tisch und dem Drehstuhl. Aber an der Wand hinter dem Rücken des Kapitäns hingen sieben oder acht weißgesichtige Instrumente, deren Skalen mit Zahlen und Symbolen beschriftet waren, zu denen sich sehr feine Zeiger bewegten, manchmal mit einem so langsamen Vorrücken, daß es nicht wahrnehmbar war, manchmal mit einem plötzlichen entschiedenen Sprung. Irgendeine unsichtbare Substanz wurde gleichzeitig auf sieben oder acht verschiedene Weisen geteilt, gemessen, gewogen und gezählt. Und wie die Substanz selbst unsichtbar war, so wurde das Messen, Teilen, Wiegen und Zählen unhörbar durchgeführt. Kein Geräusch brach die Stille. In der Mitte der Instrumente hing die Photographie eines Frauenkopfes gekrönt von drei Straußenfedern.

Plötzlich schwang Kapitän Brace in seinem Stuhl herum, so daß er all den Skalen und der Photographie zugewandt war. Der Götze hatte den Bittflehenden plötzlich den Rücken zugekehrt. Der Rücken von Kapitän Brace war in einen Anzug gehüllt, der seiner Größe so angegossen saß wie eine Schlangenhaut. [Sein Rücken] war ebenso unerforschlich wie sein Gesicht. Die Bittflehenden mochten ihre Gebete ruhig unterschiedslos an Rücken oder Vorderseite richten. Plötzlich, nach einer langen Prüfung der Wand, schwang Kapitän Brace zurück. Er nahm einen Zirkel und fing an, auf einem großen, säuberlich in Quadrate geteilten Bogen eine Skizze von so unermeßlicher Vervollkommnung und Genauigkeit zu zeichnen, daß jeder Strich ein unsterbliches Objekt zu schaffen schien, das genau so in alle Ewigkeit fortdauern würde. Die Stille war ungebrochen, da das Wälzen der See und das Pulsieren der Maschinen so regelmäßig und so monoton waren, daß auch sie Stille zu sein schienen, ausgedrückt in einem anderen Medium.

Plötzlich – jede Bewegung, jedes Geräusch war plötzlich in einer Atmosphäre derartiger Spannung – gellte ein Gong. Erschütterungen scharf wie Muskelkontraktionen durchzuckten die Luft. Dreimal gellte der Klang. Dreimal wurde die derart durchzuckte Atmosphäre in scharfe Muskelkontraktionen zerknistert. Die letzte war genau drei Sekunden vergangen, als der Kapitän sich erhob. Mit dem fließenden Schwung einer automatischen Handlung drückte er mit einer Hand ein Löschpapier über seine Skizze; mit der anderen setzte er sich die Mütze auf den Kopf. Dann marschierte er zur Tür; dann marschierte er die drei Stufen hinunter, die auf das Deck führten. Jede Entfernung schien bereits in so viele Stadien zerschnitten; und sein letzter Schritt brachte ihn genau auf eine spezielle Planke, auf seinen Platz vor fünfhundert Blaujacken. Fünfhundert rechte Hände flogen exakt an die Köpfe. Fünf Sekunden später flog die rechte Hand des Kapitäns an seinen Kopf. Nachdem sie genau zwei Sekunden gewartet hatte, fiel sie wie das Signal fällt, wenn ein Expreßzug vorbei ist. Kapitän Brace bewegte sich im gleichen abgemessenen Schritt durch die Reihen der Blaujacken, und hinter ihm marschierte im korrekten Abstand eine Gruppe von Offizieren auch in Rangordnung. Aber an der Tür seiner Messe wandte der Kapitän sich zu ihnen um, nahm ihren Gruß entgegen, bestätigte ihn durch seinen eigenen und zog sich zurück, um allein zu speisen.

Er saß allein an seinem Speisetisch, wie er allein an seinem Schreibtisch gesessen hatte. Von den Dienern, die Teller vor ihn stellten, hatte er nie mehr gesehen als die weißen Hände, die Teller hinstellten, Teller wegnahmen. Wenn die Hände nicht weiß waren, wurden sie fortgeschickt. Seine Augen hoben sich nie über die Hände und die Teller. In geordneter Prozession wurden Fleisch, Brot, Gebäck, Obst vor den Götzen gestellt. Die rote Flüssigkeit im Weinglas senkte sich langsam, hob sich, senkte sich, hob sich und senkte sich erneut. Das ganze Fleisch verschwand, das ganze Gebäck, das ganze Obst. Schließlich nahm der Kapitän ein Stück Krume von der Größe einer Billardkugel und fuhr damit rund um den Teller, verschlang es und erhob sich. Nun hoben sich seine Augen, bis sie auf ihrer eigenen Höhe geradeaus blickten. Was immer vor sie geriet – Wand, Spiegel, Messingstange – sie gingen hindurch, als hätte nichts die Festigkeit, sie aufzuhalten. So marschierte er, als folge er im Kielwasser des Strahls, den seine Augen warfen, eine eiserne Leiter hinauf auf eine Plattform, höher und höher hinauf über diese Hindernisse hinaus, bis er auf eine eiserne Plattform hinaufgestiegen war, auf der ein Teleskop stand. Als er sein Auge an das Teleskop legte, wurde das Teleskop unverzüglich eine Verlängerung seiner Augen als wäre es ein Horngehäuse, das sich selbst gebildet hatte, um die Durchdringung seiner Sicht zu umschließen. Als er das Teleskop auf und ab bewegte, schien es, als bewege sich sein eigenes langes hornbedecktes Auge.

# Miss Pryme

Es war die Entschlossenheit, die Welt besser zu verlassen als sie sie fand – und sie hatte sie, in Wimbledon, sehr langweilig gefunden, sehr wohlhabend, sehr tennisliebend, sehr rücksichtslos, unaufmerksam, und nicht gewillt, dem, was sie sagte oder wünschte, auch nur die geringste Aufmerksamkeit zuteil werden zu lassen – die Miss Pryme, die dritte Tochter eines der Ärzte von Wimbledon, dazu veranlaßte, sich im Alter von fünfunddreißig Jahren in Rusham niederzulassen.

Es war ein verderbtes Dorf – teils, hieß es, weil es keine Omnibusse gab; und die Straße in die Stadt im Winter unpassierbar war; von daher spürte Rusham keinen Druck der Meinung; Mr Pember, der Pfarrer, trug nie einen sauberen Kragen; nahm nie ein Bad; und wäre Mabel seine alte Dienerin nicht gewesen, wäre er häufig zu unpräsentabel gewesen, um in der Kirche zu erscheinen.[1] Selbstverständlich gab es keine Kerzen auf dem Altar; das Taufbecken hatte einen Sprung; und Miss Pryme hatte ihn dabei ertappt, wie er sich mitten im Gottesdienst hinausschlich und auf dem Friedhof eine Zigarette rauchte. Sie verbrachte die ersten drei Jahre ihrer Ansässigkeit damit, die Leute beim Tun von Dingen zu ertappen, die sie nicht tun sollten. Die Spitzen der Zweige von Mr Bents Ulme streiften die Särge, wenn sie den Weg heraufkamen; sie mußten gestutzt werden; Mr Carrs Mauer wölbte sich vor; sie mußte neu gebaut werden. Mrs Pye trank; Mrs Cole lebte, was allgemein bekannt war, mit dem Polizisten zusammen. Während Miss Pryme all diese Leute dabei ertappte, wie sie Unrecht taten, legte sie sich ein mürrisches Gesicht zu; sie hielt sich krumm; und sie warf den Leuten, denen sie begegnete, von der Seite her böse Blicke zu; und sie beschloß, das Cottage zu kaufen, das sie gemietet hatte; denn hier konnte sie gewißlich Gutes tun.

Als erstes nahm sie die Sache mit den Kerzen in Angriff. Sie behalf sich ohne einen Diener; auf diese Weise sparte sie genug, um große dicke priesterliche Kerzen in einem Paramentegeschäft in London zu kaufen. Sie verdiente sich das Recht, sie auf dem Altar aufzustellen, indem sie den Kirchenboden schrubbte; indem sie einen Läufer für den Altar arbeitete; und indem sie eine Szene aus *Twelfth Night* bekam[2], um das Richten des Taufbeckens zu bezahlen. Dann stellte sie sich dem alten Mr Pember mit ihren Kerzen. Er zündete sich eine neue Zigarette an, hielt sie zwischen Fingern, die gelbsüchtig aussahen vor Nikotin. Sein Gesicht, sein Körper war wie ein verirrter Zweig eines Brombeergestrüpps, stachelig, rot, ungepflegt. Und er murmelte, daß er keine Kerze wollte. Hielt nichts von papistischen Sitten – noch nie. Und damit schlingerte er davon, um auf dem Hofgatter zu schaukeln, zu rauchen und über Croppers Schweine zu reden. Miss Pryme wartete. Sie hielt einen Basar ab, um Mittel zum Neudecken der Kirche aufzubringen. Der Bischof war anwesend. Noch einmal fragte sie Mr Pember wegen der Kerzen. Sie erwähnte den Bischof, heißt es, zu ihrer Unterstützung – heißt es; denn inzwischen gab es zwei Parteien im Dorf, beide gaben Versionen dessen, was geschah, als Miss Pryme dem Pfarrer entgegentrat; manche hielten es mit Miss Pryme; andere mit Mr Pember. Manche hielten es mit Kerzen; und Strenge; andere mit dem lieben alten Mann und der Ungezwungenheit; und Mr Pember sagte ziemlich gereizt, er wäre der Pfarrer der Gemeinde; er hielte nichts von Kerzen; damit hatte sich die Sache. Miss Pryme zog sich in ihr Cottage zurück und packte die Kerzen sorgfältig in die lange Schublade. Sie ging nie wieder ins Pfarrhaus.

Aber der Pfarrer war ein sehr alter Mann; sie mußte nur warten. In der Zwischenzeit fuhr Miss Pryme fort, die Welt zu verbessern. Denn nichts gab ihr ein eindringlicheres Gefühl für das Vergehen der Zeit. In Wimbledon stockte sie; hier raste sie. Sie wusch ihr Frühstücksgeschirr ab und füllte dann Formulare aus. Dann entwarf sie Berichte. Dann nagelte sie eine Notiz an ein Brett in ihrem Garten. Dann machte sie Hausbesuche. Sie saß Nacht für Nacht bei dem alten Malthouse, als er im Sterben lag, und ersparte seinen Verwandten viel Mühe.[3] Ganz allmählich fing ein neues und höchst köstliches Gefühl an, in ihren Adern zu prickeln und sich zu rühren. Es war besser als eheliche Liebe; besser als Kinder; es war die Macht, die

Welt zu verbessern; Macht über die Kranken; die Unwissenden; die Betrunkenen. Ganz allmählich, wie sie mit ihrem Korb die Dorfstraße hinauftrippelte oder mit ihrem Besen in die Kirche ging, wurde sie begleitet von einer zweiten Miss Pryme, die größer war, schöner, strahlender und bemerkenswerter als die erste; tatsächlich war sie dem Aussehen nach einer Florence Nightingale ähnlich; und ehe fünf Jahre vergangen waren, waren diese beiden Damen eine und identisch.

Ode teils in Prosa geschrieben ausgelöst durch den Namen
Cutbush über einem Metzgerladen in Pentonville


Oh Cutbush, kleiner John, verdrießlich stehst du zwischen
Vater und Mutter, an dem Tag, an dem sie beschlossen, was
aus dir zu machen sei, solltest du Blumenhändler werden oder Metzger,
hörst sie dein Schicksal entscheiden; sollst du Blumenhändler werden
oder Metzger; während die lange Welle schimmernd
an den Küsten Kaliforniens liegt; und der Elefant in
Abessinien und der Kolibri in
Äthiopien und der König im Buckingham Palast
ihrer eigenen Wege gehen:
Soll John Blumenhändler werden oder Metzger?

Den Asphaltweg herunterkommend,
die Baskenmütze aus Samt auf dem Kopf, keck
schiefgerückt,
kommt Louie, Aushilfsmädchen bei Mrs Mump im
Pfarrhaus, kindlich noch unschuldig noch; aber
begierig nach Liebe; sechzehn Jahre alt; kecker
Blick; vorbei am Teich, wo die Hunde bellen; und die
Enten quaken;
Schön sind die Weiden
und Lilien gleitend und sich wiegend; und
seht den alten Herrn der versucht, das Boot des Kindes
mit seinem Stock aus den Weiden zu befreien; und John sagt zu Louie,
Im Sommer schwimme ich hier; Wirklich? Ja ich schwimme hier.
Glauben machend er gehöre zu den großen Sportlern;
wie Byron könnte er den Hellespont durchschwimmen;[1] John
Cutbush aus Pentonville. Und die Dämmerung fällt;
Dämmerung vergoldet von Lichtern aus den oberen Fenstern;
einer liest Herodot im Original an seinem oberen
Fenster; und ein anderer schneidert Westen im Souterrain;
und ein anderer macht Münzen; und ein anderer dreht Stücke

von Holz, die Stuhlbeine sein werden; Lichter fallen
auf die Dämmerung; auf den Teich; Lichter sind
im Wasser gezickzackt. Wange und Schulter zusammen
schmusend küssend; sich drückend; stehen sie
da während der Herr das Boot mit seinem Stock
befreit; und die Kirche läutet.
Vom strengen Kirchturm fallen die eisernen Töne;
mahnen Louie Louie an Zeit und Tee;
wie die Köchin sagen wird, Wenn du noch mal mit den Jungen
poussierst, sage ich es Ihr, gemeint ist Mumps, Adela,
Frau von Cuthbert dem Pfarrer.
Auf springt sie von ihrer Couch auf Primrose Hill;
von ihrer Couch auf dem süßen kalten Bett der Erde;
Erde gelegt über Keime und Knollen; über Röhren und
Drähte; an ihre kalte süße Brust nun das Wasser-
rohr nehmend, nun das Kabel; das Botschaften sendet
nach China, wo die Mandarine gehn, stumm, grausam; zierlich;
vorbei an den goldenen Pagoden; und die Häuser haben Wände
aus Papier; und die Menschen lächeln weise unerforschliche Lächeln.
Auf steht sie und er folgt ihr, über die Avenue
bis an die Ecke, beim Papierladen; Mann
in Pimlico ermordet steht auf dem Plakat; wo sie
sich beim Papierladen küssen; und so sich trennen, und dunkle
Nacht hüllt sie ein; und sie hastet zum Unterhof hinab
zur erleuchteten Küche mit den Töpfen
die dampfen für des Herrn Abendessen.

Und er mietet einen Karren und geht im Morgengrauen
nach Smithfield; im eisigen Morgengrauen sieht er das kalte Fleisch,
gehüllt in weiße Netze auf Männerschultern getragen;
Fleisch aus Argentinien; von haarigen und rothäutigen
Schweinen und Ochsen.

Ganz in weiß wie Chirurgen gehen die Metzger von
Smithfield, hantieren mit den umhüllten Kadavern;
den starren und gefrorenen Leichen, die wie Mumien

im Eishaus liegen werden, bis das Sonntagsfeuer sie
belebt und sie Saft in das große Blech tropfen
um Kirchgänger zu beleben.

Aber ich habe den Hellespont durchschwommen – träumt er; er hatte
Byron in der Charing Cross Road gelesen er hatte *Don Juan*
genippt und geschmeckt wo er stand staub-
getrocknet windverweht ausgesetzt den Lichtern des Pflasters.
Soll ich ewig bei Massey und Hodge dienen, Fleisch-
händlern in Smithfield? Er steht Mütze in der Hand
aber aufrecht vor seinem Meister, hat seine Lehrzeit
abgedient. Ein junger Bursche muß seinen
eigenen Weg gehen.

Und er sieht die Veilchen und die gelbe Narzisse und die
nackten Schwimmer am Ufer in Roben wie
jenen, die von den Leighton-Bildern[2] in Leighton House
getragen werden. Louie von der Avenue Küchenmädchen beim
Pfarrer, sieht zu und winkt mit dem nackten Arm als er
taucht.

So macht er seinen eigenen Laden auf.
Für den Vorübergehenden ist es nur einer von jenen Läden,
die samstags bis eins auf haben. Obwohl das
Westend mit Vorhängen und Läden verdunkelt ist, ist hier,
in den Außenbezirken Londons, den Resten Londons,
die Nacht die Zeit
der Gala. Die Fackeln brennen über Karren. Die
Federn und Blusen wehen wie Blumen. Das
Fleisch lodert. Die Flanken von Ochsen sind gemustert
mit Blumenblättern im rosa Fleisch. Messer zerteilen.
Die Stücke werden geworfen und eingepackt. Taschen beulen sich
an Frauenarmen. Sie stehen erst auf diesem dann auf jenem
Fuß. Die Kinder starren hoch zu den Fackeln und dem
groben Licht und die rot-weißen Gesichter brennen sich
ein für immer auf den klaren Augäpfeln. Die Drehorgel

spielt und die Hunde schnüffeln im Staub nach Resten
von Fleisch. Und über ganz Pentonville und Islington
schwebt ein grober Ballon von gelber Farbe und weit
weg in der Stadt gibt es eine weißgesichtige Kirche
mit Turm.

John Cutbush Metzger von Pentonville steht in der Tür
seines Ladens.

Er steht in der Tür seines Ladens.
Immer noch steht er in der Tür seines Ladens.
Aber die Zeit hat ihre Räder über ihn gerollt. So viele
Millionen Meilen haben die Straßenbahnen zurückgelegt;
so viele Millionen Schweine und Ochsen wurden zerteilt
und geworfen; so viele Taschen beulten sich.
Sein Gesicht ist rot; seine Augen getrübt;
vom Starren in die Fackeln so viele Nächte. Und manchmal
starrt er vorbei an den Gesichtern, vorbei am neuen Laden gegenüber
wo der junge Mann lockt; in die düstere
Höhlung. Und er wacht auf und sagt Und für Sie, Madam?
und für Sie?
Aber einige bemerken den neuen Metzger gegenüber; und schlurfen
vorbei an Cutbush, um Ainslies zu versuchen.
Und Louie im Zimmer hinter dem Laden ist breit-
schenklig, finsteräugig; und der kleine Junge starb;
und das Mädchen ist eine Sorge, immer hinter den Jungen her;
und eingerahmt an der Wand da hängt Mrs Mump in dem Kleid,
das sie als Debütantin trug; und überall die Fleischgerüche
und die Tageseinnahmen werden geringer.
Dies sind Ähnlichkeiten menschlicher Gesichter im Vorbeigehen
gesehn übersetzt aus einer fremden Sprache.
Und die Sprache erfindet immer neue Wörter.
Denn nebenan sind Urnen und Marmorplatten im Schaufenster eines Beerdigungsinstituts; daneben sind Musik-
instrumente daneben ein Heim für Katzen und Hunde; und dann das
  Kloster

und dort auf dieser Anhöhe steht
erhaben der Turm des Gefängnisses; und da ist das
Wasserwerk; und hier ist eine ganze dunkle Privatstraße
wie jene Reihen von Höhlen wo nächtliche Tiere
in Wüsten wohnen; aber hier nicht Murmeltiere und Ufer-
schwalben; sondern Bezirksinspektoren; Steuereintreiber;
Angestellte der Gasgesellschaft, des
Wasserwerks; mit ihren Frauen und Kindern;
auch ein paar Schreiber frisch aus Somerset und Suffolk;
auch eine unverheiratete Dame, die ihre Hausarbeit selbst macht.

Und so nach Hause über die High Street vorbei am Friedhof
wo die Katzen ihre Riten zelebrieren und Metzger
Küchenmädchen ewige Treue versprechen;
Die Blume des Lebens schüttelt sich allzeit frei von der
Knospe; die Blume des Lebens flattert auf Plakaten
in unsere Gesichter; und wir sagen Dank den Armeen
und Flotten und fliegenden Männern und Schauspielerinnen
die uns unser nächtliches Vergnügen liefern und wenn wir
den *Evening Standard* unter die Lampe halten wie wenig
denken wir da an den Reichtum, den wir zwischen den
Flächen zweier Hände halten können; wie wenig können wir
erfassen; wie wenig können wir den Namen John Cutbush
auslegen und richtig lesen, aber erst wie wir Samstagnacht
an seinem Laden vorbeigehen rufen wir Vivat Cutbush,
von Pentonville, ich grüße dich; im Vorbeigehen.

[Porträts]

Warten aufs Déjeuner

Als die Kolibris im Kelch der Blume bebten; als die gewaltigen plattenfüßigen Elefanten durch den Schlamm platschten; als der tieräugige Wilde sich in seinem Kanu aus dem Schilf herausstieß; als die Perserin eine Laus aus den Haaren des Kindes zupfte; als die Zebras in wilden Arabesken der Paarung über den Horizont galoppierten; als die blau-schwarze Höhlung des Himmels vom Tap-tap-tap des Schnabels des Geiers auf Skelett widerhallte, das ein bißchen Fleisch und nur einen halben Schwanz hatte: – sahen und hörten Monsieur und Madame Louvois es nicht.

Als der Kellner in seinem zerknitterten Hemd, glänzender Jacke, in der Mitte gebundener Schürze und pomadig zurückgeklatschtem Haar in die Hände spuckte, dann den Teller abwischte, um sich die Mühe des Abspülens zu sparen; als die Spatzen auf der Straße sich über einem Dungklecks versammelten; als die Eisenschranken des Bahnübergangs zuschwangen; und der Verkehr gerann; ein Lastwagen mit Eisenschienen; einer mit Orangenkisten; mehrere Autos; ein Karren von einem Esel gezogen; als der alte Mann im öffentlichen Park eine Papiertüte aufspießte; als die Lichter über dem Kino flakkerten und den neuen Dschungelfilm ankündigten; als die graublauen Wolken der nördlichen Hemisphäre einen Augenblick lang einen grau-blauen Flecken auf den Wassern der Seine aufscheinen ließen: – starrten Monsieur und Madame Louvois auf das Senfglas und die Menage; auf den gelben Riß in der marmornen Tischplatte.

Der Kolibri bebte; die Schranken öffneten sich; die Lastwagen ruckelten weiter; und die Augen von Monsieur und Madame Louvois leuchteten auf; denn auf die marmorne Tischplatte vor ihnen knallte der pomadighaarige Kellner einen Teller Kutteln.

# Die Französin im Zug

Über die Maßen geschwätzig, pendelnd, wie ein Tapir an den saftigen unteren Blättern der Kohlköpfe schnüffelnd; zwischen den Kräutern herumwühlend; selbst im dritter Klasse Eisenbahnabteil begierig auf einen Leckerbissen Tratsch . . . Madame Alphonse sagte zu ihrer Köchin . . . die Ohrringe schwingend wie in den großlappigen Ohren eines dickhäutigen Monsters. Ein Zischen mit einem bißchen Speichel kommt von den Vorderzähnen, die vergilbt und stumpf sind vom Beißen von Kohlstrünken. Und die ganze Zeit, hinter ihrem pendelnden, unermüdlich nickenden Kopf und dem Tröpfeln von Speichel, breiten sich die grauen Oliven der Provence strahlenförmig aus, kommen auf einen Punkt; bilden einen runzligen Hintergrund mit schiefen eckigen Ästen und gebückten Bauern.

In London, in einem dritter Klasse Abteil vor dem Hintergrund schwarzer Wände bekleistert mit glänzenden Werbeplakaten, würde sie durch Clapham eilen auf dem Weg nach Highgate, um den Kranz von Porzellanblumen auf dem Grab ihres Mannes zu erneuern. Im Umsteigebahnhof dort sitzt sie in ihrer Ecke, auf dem Knie eine schwarze Tasche; in der Tasche ein Exemplar der *Mail;* ein Bild der Prinzessinnen – in ihrer nach kaltem Rinderbraten, Pickles, gerafften Gardinen, Kirchenglocken am Sonntag und dem Besuch des Pfarrers riechenden Tasche.

Hier trägt sie auf ihrer gewaltigen und wogenden Schulter die Tradition; auch wenn ihr Mund tröpfelt; wenn ihre wilden Schweinsaugen glitzern, hört man das Quaken des Froschs im wilden Tulpenfeld; das Murmeln des Mittelmeers, das den Sand mit den Lippen berührt; und die Sprache Molières. Hier trägt der Nacken des Ochsen Körbe mit Trauben; durch das Rattern des Zuges dringt das Stimmengewirr des Marktes; ein stoßender Widder, Männer auf dem Rücken; Enten in Weidenkäfigen; Eiscreme in Waffeltüten; Binsen über Käse gelegt; über Butter; Männer, die bei einer Platane Boule spielen; ein Brunnen; der stechende Geruch an der Ecke, wo Bauern offen den Diktaten der Natur gehorchen.

Porträt 3

Und es schien mir, im Hof der French Inn sitzend, daß das Geheimnis des Daseins nichts war als ein Fledermausskelett in einem Schrank; und das Rätsel nichts als ein Kreuz und Quer von Spinnennetz; so sehr solide sah sie aus. Sie saß in der Sonne. Sie hatte keinen Hut. Das Licht fixierte sie. Es gab keinen Schatten. Ihr Gesicht war gelb und rot; rund auch; eine Frucht auf einem Körper; ein weiterer Apfel, nur nicht auf einem Teller. Brüste hatten sich apfelhart unter der Bluse an ihrem Körper gebildet.

Ich beobachtete sie. Sie schnippte ihre Haut, als sei eine Fliege darüber spaziert. Jemand ging vorbei; ich sah die schmalen Blätter der Apfelbäume, die ihre Augen waren, flackern. Und ihre Derbheit, ihre Grausamkeit, war wie Baumrinde rauh vor Flechten und sie war immerwährend und löste das Problem des Lebens ganz und gar.


[Porträt 4]

Sie hatte ihn zu Harrods und in die National Gallery mitgenommen, da er Hemden kaufen mußte, bevor er nach Rugby zurückging und sich Kultur aneignete. Er putzte sich die Zähne nicht. Und nun mußte sie wirklich überlegen, als sie im Restaurant saßen, das Onkel Hal empfohlen hatte, wenn sie etwas weder Billiges wollten, noch Teures, was sie zu ihm sagen sollte, bevor er nach Rugby zurückging... Sie brauchten lange, um die Hors d'œuvres zu bringen... Sie erinnerte sich daran, vor dem Krieg mit einem sandhaarigen Jungen hier zu Mittag gegessen zu haben. Er hatte sie bewundert, ohne sie direkt zu bitten, ihn zu heiraten... Aber wie sollte sie es ausdrücken, daß er eher sein sollte wie sein Vater; sie war Witwe; der, den sie geheiratet hatte, war gefallen; und seine Zähne zu putzen? Sie würde die Minestrone nehmen? Ja. Und anschließend? Wiener Schnitzel? Poulet Marengo? War das mit Pilzen? Sind sie frisch?... Aber ich muß etwas sagen, das er sich aufbewahren kann, damit es ihm hilft, in Augenblicken, du weißt schon, der Versuchung. »Meine Mutter...« Wie lange die brauchen! Das da auf dem Nebentisch sind die Hors d'œuvres, aber die Sardinen sind schon alle weg...

Und George saß schweigend; blickte mit den Augen eines Karpfens, der nach dem Untergetauchtsein eines Winters an die Oberfläche steigt und über den Rand der Karaffe in Soho Fliegen tanzen sieht, Mädchenbeine.


[Porträt 5]

»Ich gehöre zu den Leuten«, sagte sie und sah mit insgeheimer Befriedigung hinunter auf den immer noch beträchtlichen Halbmond weiß-überzuckerter Torte, von der sie bis jetzt erst einen einzigen Bissen genommen hatte, »die sich alles schrecklich zu Herzen nehmen.«

Und hier mit der dreizackigen Gabel auf halbem Weg zum Mund gelang es ihr dennoch, mit der Hand über ihren Pelz zu streichen wie um auf die mütterliche schwesterliche ehefrauliche Zärtlichkeit hinzuweisen, mit der sie, auch wenn nur eine Katze zum Streicheln im Zimmer wäre, sie streichelte. Dann ließ sie einen weiteren Tropfen aus der Parfumflasche fallen, die sie in einer Drüse in ihrer Wange bei sich trug, um damit die manchmal übelriechenden Ausdünstungen ihres nicht genügend geschätzten Charakters zu versüßen und fügte hinzu:

»Im Hospital haben die Männer mich Kleine Mutter genannt«, und sah ihre Freundin gegenüber an, als warte sie darauf, daß diese das Porträt, das sie gezeichnet hatte, bestätigte oder verneinte, aber da Schweigen herrschte, gabelte sie das letzte Stück überzuckerter Torte auf und schluckte es hinunter, als bekomme sie nur von leblosen Dingen jenen Tribut, den die Selbstsucht der Menschheit ihr verweigerte.

[Porträt 6]

Es ist sehr schwer für mich – ich, der ich in den achtziger Jahren hätte geboren werden sollen, fühle mich hier als eine Art Außenseiter. Kann nicht einmal anstandslos eine Rose im Knopfloch tragen. Hätte einen Spazierstock tragen sollen, wie mein Vater; muß einen Filzhut mit Kniff tragen, sogar wenn ich über die Bond Street gehe, keinen Zylinder. Aber immer noch liebe ich, wenn das Wort noch richtig ist, Gesellschaft, abgestuft wie eine dieser in Kräuselpapier eingewikkelten Eiscremes – es stimmt, es hieß, daß die Italiener sie in Bethnal Green unter ihren Betten aufbewahrten. Und Oscar, der witzig war;[1] und die Dame mit den roten Lippen, die auf einem Tigerfell auf einem schlüpfrigen Boden stand – das Maul des Tigers weit offen. »Aber sie malt!« (sagte meine Mutter), womit natürlich die Frauen in Piccadilly gemeint waren. Das war meine Welt. Jetzt malt jeder. Alles ist zuckerweiß, sogar die Häuser, in der Bond Street, aus Beton gemacht, mit kleinen Stücken Stahlfeile.

Wohingegen ich kühle Dinge liebe; Bilder von Venedig; Mädchen auf einer Brücke; einen angelnden Mann; sonntägliche Ruhe, vielleicht ein Kahn. Ich bin jetzt unterwegs mit dem nächsten Autobus zum Tee bei Tante Mabel in der Addison Road. Ihr Haus bewahrt nun etwas von dem, was ich meine; die Ziege, meine ich, die in der Sonne auf dem Pflaster liegt; die distinguierte aristokratische alte Ziege; und die Busfahrer, die die Rothschild-Fasane um ihre Peitschen geschlungen tragen;[2] und ein junger Mann wie ich, der auf dem Bock neben dem Fahrer sitzt.

Aber hier kommen sie und schwingen sogar in Piccadilly Stöcke aus Eschenholz; manche hutlos; alle rougiert. Und tugendhaft; ernsthaft; so hoffnungslos sind die jungen Leute heutzutage, fahren in ihren Rennautos zur Revolution. Ich kann Ihnen versichern, daß das Traveller's Joy in Surrey nach Benzin riecht. Und sehen Sie da an der Ecke; rosig roter Ziegel gibt seine Seele in einer Wolke von Pulver auf. Niemand außer mir schert sich einen Deut darum – und Onkel Edwin und Tante Mabel. Sie halten gegen diese Schrecken ihre kleine Kerze hoch; wie wir es nicht tun können, die wir abtrünnig werden und zusammenbrechen und den alten Kronleuchter auf uns herunterreißen. Ich sage immer, jeder kann einen Teller zerschlagen; aber was ich bewundere, ist altes Porzellan, altmodisches.


[Porträt 7]

Ja, ich kannte Vernon Lee.³ Das heißt, wir hatten eine Villa. Ich stand für gewöhnlich vor dem Frühstück auf. Ich ging in die Galerien, bevor sie überfüllt waren. Ich bin dem Schönen ergeben... Nein, ich male nicht selbst; aber dann weiß man die Kunst vielleicht um so besser zu schätzen. Sie sind so engstirnig, Künstler; außerdem leben sie heutzutage so wild. Fra Angelico, Sie erinnern sich, malte auf den Knien.⁴ Aber ich sagte eben, ich kannte Vernon Lee. Sie hatte eine Villa. Wir hatten eine Villa. Eine dieser von Glyzinien überwucherten Villen – etwas ähnliches wie unser Flieder, aber besser – und Judasbaum. Oh, warum lebt man in Kensington? Warum nicht in Italien? Aber ich habe immer das Gefühl, immer noch, daß ich in Florenz lebe – im Geiste. Und glauben Sie nicht, daß wir tatsächlich im Geiste leben – unser wirkliches Leben? Aber schließlich gehöre ich zu jenen Leuten, die das Schöne wollen, wenn es nur ein Stein ist, oder eine Schale – ich kann es nicht erklären. Jedenfalls trifft man in Florenz Leute, die das Schöne lieben. Wir haben dort einen russischen Fürsten getroffen; außerdem auf einer Party einen sehr bekannten Mann, dessen Namen ich vergessen habe. Und eines Tages, als ich auf der Straße stand, vor meiner Villa, kam eine kleine alte Frau vorbei und führte einen Hund an der Leine. Es hätte Ouida sein können.⁵ Oder Vernon Lee? Ich habe nie mit ihr gesprochen. Aber in einem gewissen Sinne, dem wahren Sinn, habe ich, die ich das Schöne liebe, immer das Gefühl, daß ich Vernon Lee kannte.

[Porträt 8]

»Ich gehöre zu jenen einfachen Leutchen, die vielleicht altmodisch sein mögen, aber ich glaube an die dauerhaften Dinge – Liebe, Ehre, Patriotismus. Ich glaube wirklich daran, und es macht mir nichts aus, es zu gestehen, die eigene Frau zu lieben.«

Ja, der Spruch *Nihil humanum* fällt oft von deinen Lippen. Aber du achtest darauf, nicht zu oft Lateinisch zu reden. Denn du mußt Geld machen – erst um zu leben; dann um drauf zu sitzen: Queen Anne Möbel; größtenteils Imitate.

»Ich gehöre nicht zu diesen cleveren Leuten. Aber eins kann ich von mir selbst sagen – ich habe Blut in den Adern. Ich fühle mich heimisch mit dem Pastor; mit dem Kneipenwirt. Ich gehe ins Pub und spiele mit den Männern Darts.«

Ja, du bist die Mittelsperson; der Vermittler; ein Gesellschaftsanzug für London; Tweedanzüge fürs Land. Shakespeare und Wordsworth nennst du gleichermaßen »Bill«.

»Was ich nun wirklich verabscheue sind diese blutlosen Kreaturen, mit Wohnsitz in . . .«

Der obere oder der untere Weg. Du bist ganz und gar für weder Fisch noch Fleisch, dazwischen und damitten.

»Und ich habe meine Familie –«

Ja du bist hochgradig produktiv. Du bist überall. Wenn man durch den Garten geht, was ist das da auf dem Kohl? Mitteldings.[6] Mitteldings infiziert die Schafe. Auch der Mond steht unter deinem Einfluß. Angelaufen. Du machst sogar die silberne Schneide (entschuldige den Ausdruck) von des Himmels ureigenster Sichel stumpf, glanzlos und ehrbar. Und ich frage die Möwen, die auf verlassenen Meeresstränden schreien, und die Landarbeiter, die zu ihren Frauen nach Hause kommen, was aus uns werden soll, Vögeln, Männern und Frauen, wenn Mitteldings seinen Willen bekommt, und es nur noch ein Mittelgeschlecht gibt, aber keine Liebenden oder Freunde?

»Ja, ich gehöre zu den einfachen Leutchen, die vielleicht altmodisch sein mögen, aber ich glaube wirklich daran, es macht mir nichts aus, es zuzugeben, seinesgleichen zu lieben.«

# Onkel Wanja

»Durchschauen sie nicht alles – die Russen? all die kleinen Maskeraden, die wir aufgebaut haben? Blumen gegen Verwesung; Gold und Samt gegen Armut; die Kirschbäume, die Apfelbäume – sie durchschauen auch sie«, dachte sie während des Stücks. Dann ertönte ein Schuß.

»Da! Jetzt hat er ihn erschossen. Was für ein Segen. Oh, aber der Schuß ging daneben! Der alte Schurke mit dem gefärbten Backenbart in dem karierten Ulster ist kein bißchen verletzt... Trotzdem hat er versucht, ihn zu erschießen; er richtete sich plötzlich kerzengrade auf, schwankte die Treppe hinauf und holte seine Pistole. Er drückte den Abzug. Die Kugel grub sich in die Wand; vielleicht ins Tischbein. Jedenfalls ist es nichts geworden. »Laß es vergessen sein, lieber Wanja. Laß uns Freunde sein wie ehedem«, sagt er gerade... Jetzt sind sie gegangen. Jetzt hören wir die Glöckchen der Pferde in der Ferne verklingen. Und ist das auch von uns wahr?« sagte sie, stützte das Kinn in die Hand und sah das Mädchen auf der Bühne an. »Hören wir die Glöckchen die Straße hinunter verklingen?« fragte sie, und dachte an die Droschken und Omnibusse in der Sloane Street, denn sie wohnten in einem der großen Häuser am Cadogan Square.

»Wir werden ausruhen«, sagte das Mädchen jetzt, als sie Onkel Wanja in ihre Arme schloß. »Wir werden ausruhen«, sagte sie. Ihre Worte waren wie fallende Tropfen – ein Tropfen, dann noch ein Tropfen. »Wir werden ausruhen«, sagte sie erneut. »Wir werden ausruhen, Onkel Wanja.« Und der Vorhang fiel.

»Was uns betrifft«, sagte sie, als ihr Mann ihr in den Mantel half, »Wir haben nicht einmal die Pistole geladen. Wir sind nicht einmal müde.«

Und sie blieben einen Augenblick lang still im Gang stehen, während »God Save the King« gespielt wurde.

»Sind die Russen nicht morbid?« sagte sie und nahm seinen Arm.

# Gipsy, die Promenadenmischung

»Sie hatte ein so bezauberndes Lächeln«, sagte Mary Bridger nachdenklich. Sie, die Bridgers und die Bagots, unterhielten sich spät eines Abends am Feuer über alte Freunde. Diese, Helen Folliott, das Mädchen mit dem bezaubernden Lächeln, war verschwunden. Keiner von ihnen wußte, was aus ihr geworden war. Sie war irgendwie in Schwierigkeiten geraten, hatten sie gehört, und, darüber waren sie sich einig, jeder von ihnen hatte immer gewußt, daß es so kommen würde, und, was seltsam war, keiner von ihnen hatte sie je vergessen.

»Sie hatte ein so bezauberndes Lächeln«, wiederholte Lucy Bagot. Und so fingen sie an, über die Seltsamkeiten menschlicher Angelegenheiten zu reden – was für ein Glücksspiel es scheint, ob man untergeht oder oben schwimmt, wieso man sich erinnert und vergißt, was für einen Unterschied Kleinigkeiten ausmachen, und wie Leute, die sich jeden Tag getroffen haben, plötzlich auseinandergehen und sich nie wieder sehen.

Dann schwiegen sie. Deshalb hörten sie einen Pfiff – war es ein Zug oder eine Sirene? – einen schwachen fernen Pfiff, der über die flachen Felder Suffolks erklang und dahinschwand. Der Klang mußte etwas ausgelöst haben, jedenfalls bei den Bagots, denn Lucy sah ihren Mann an und sagte, »*Sie* hatte ein so bezauberndes Lächeln.« Er nickte. »Man kann kein kleines Hündchen ertränken, das dem Tod mitten ins Gesicht grinst«, sagte er. Es klang wie ein Zitat. Die Bridgers machten fragende Gesichter. »Unser Hund«, sagte Lucy. »Erzählt uns die Geschichte von eurem Hund«, drängten die Bridgers. Sie beide hatten Hunde gern.

Tom Bagot war erst schüchtern, wie Leute es sind, die sich dabei ertappen, daß sie mehr fühlen als angemessen ist. Außerdem beteuerte er, daß es keine Geschichte sei; es sei eine Charakterstudie, und sie würden ihn für sentimental halten. Aber sie drängten ihn, und er fing sofort an – »›Man kann kein kleines Hündchen ertränken, das dem Tod mitten ins Gesicht grinst.‹ Hat der alte Holland gesagt. Er sagte es in jener verschneiten Nacht, in der er es über die Wassertonne hielt. Er war ein Bauer, unten in Wiltshire. Er hatte Zigeuner gehört – das heißt, einen Pfiff. Und er ging in den Schnee hinaus, mit einer Hundepeitsche. Sie waren weg; aber sie hatten etwas zurückgelassen, wie ein zerknülltes Stück Papier sah es in der Hecke aus. Aber es war ein Korb, einer von diesen Binsenkörben, die Frauen mit zum Markt nehmen, und in dem Korb, eingenäht, damit es nicht folgen konnte, war ein Winzlingsding von einem Hündchen. Sie hatten ihm einen Kanten Brot und ein Büschel Stroh gegeben –«

»Was beweist«, unterbrach Lucy, »daß sie nicht das Herz hatten, es zu töten.«

»Ebensowenig wie er«, fuhr Tom Bagot fort. »Er hielt es über das Wasser, und dann –« er zog seinen kleinen angegrauten Schnurrbart von den oberen Zähnen zurück, »grinste es so zu ihm hoch, im Mondlicht. Also verschonte er es. Es war eine erbärmliche kleine Promenadenmischung, ein richtiger Zigeunerhund, halb Foxterrier, halb weiß der Himmel was. Es sah aus, als hätte es im Leben noch nichts Richtiges zu fressen bekommen. Sein Fell war rauh wie ein Fußabtreter. Aber es hatte – wie sagt man, wenn man einem Menschen ein dutzendmal am Tag wider besseres Wissen verzeiht? Charme? Charakter? Was immer es war, das Hündchen, das ein Fräulein war, hatte es. Oder weshalb hat er es behalten? Sagt es mir. Es machte ihm das Leben zur Last. Brachte alle Nachbarn gegen ihn auf. Scheuchte ihre Hühner. Ließ den Schafen keine Ruhe. Ein dutzendmal war er dicht davor, es zu töten. Aber er brachte es nicht über sich, es zu tun – bis es die Katze tötete, den Liebling seiner Frau. Es war die Frau, die darauf bestand. So brachte er es noch einmal hinaus auf den Hof, stellte es vor die Wand, und wollte gerade den Abzug drücken. Und wieder – grinste es; grinste dem Tod mitten ins Gesicht, und er hatte nicht das Herz, es zu tun. Also überließen sie es dem Metzger; er mußte tun, was sie nicht tun konnten. Und dann – wieder Zufall. Es war auf seine Art ein kleines Wunder – daß unser Brief ausgerechnet an jenem Morgen kam. Nichts als ein glücklicher Zufall, egal von welcher Seite man es betrachten will. Wir lebten damals in London – wir hatten eine

Köchin, eine alte irische Seele, die schwor, sie hätte Ratten gehört. Ratten hinter der Täfelung. Wollte keine Nacht länger im Haus schlafen und so weiter. Wieder aus reinem Zufall – wir hatten einen Sommer dort verbracht – dachte ich an Holland, schrieb und fragte ihn, ob er einen Hund zu verkaufen hätte, einen Terrier, zum Rattenfangen. Der Postbote traf den Metzger; es war der Metzger, der den Brief überbrachte. So wurde Gipsy um Haaresbreite noch einmal gerettet. Er war froh, kann ich euch sagen – der alte Holland. Er steckte es gleich mit einem Brief in den Zug. ›Sein Aussehen spricht gegen es‹«, zitierte Bagot erneut. »›Aber glauben Sie mir, es ist ein Hundefräulein von Charakter – ein Hund von bemerkenswertem Charakter.‹ Wir stellten es auf den Küchentisch. Ihr habt noch nie etwas Kläglicheres gesehen. ›Ratten? Die würden es auffressen‹, sagte die alte Biddy. Aber wir hörten nie wieder was von diesem Thema.«

Hier machte Tom Bagot eine Pause. Er war, wie es schien, bei einem Teil seiner Geschichte angelangt, den zu erzählen ihm schwerfiel. Es ist für einen Mann schwer zu sagen, warum er sich in eine Frau verliebt hat, aber noch schwerer ist es zu sagen, warum er sich in eine Promenadenmischung von Terrier verliebt hat. Und doch war offensichtlich genau das geschehen – das kleine Biest hatte einen unbeschreiblichen Zauber auf ihn ausgeübt. Es war eine Liebesgeschichte, die er erzählte. Mary Bridger war sich dessen durch irgendetwas in seiner Stimme ganz sicher. Eine phantastische Idee kam ihr, daß er in Helen Folliott verliebt gewesen war, das Mädchen mit dem bezaubernden Lächeln. Irgendwie brachte er die beiden miteinander in Verbindung. Stehen nicht alle Geschichten miteinander in Verbindung? fragte sie sich, und verpaßte so einen oder zwei Sätze von dem, was er sagte. Als sie wieder zuhörte, erinnerten die Bagots sich an absurde kleine Geschichten, die sie eigentlich gar nicht erzählen wollten, und doch bedeuteten sie so viel.

»Es hat alles auf eigene Faust gemacht«, sagte Tom Bagot. »Wir haben ihm nie etwas beigebracht. Und doch hatte es uns jeden Tag etwas Neues zu zeigen. Einen kleinen Trick nach dem anderen. Es brachte mir die Briefe im Maul. Oder, wenn Lucy ein Streichholz anzündete, machte der Hund es aus« – er haute mit der Faust auf ein Streichholz – »so. Mit der nackten Pfote. Oder er bellte wenn das

Telefon klingelte. ›Dieses verfluchte Geklingel‹, sagte er so deutlich wie nur was. Und Besucher – weißt du noch, wie er sich ein Urteil über unsere Freunde bildete, als wären es seine eigenen? ›Du kannst bleiben‹ – und er sprang hoch und leckte einem die Hand; ›Nein, dich wollen wir nicht‹ und er rannte zur Tür, als wollte er ihnen zeigen, wo es hinaus ging. Und er machte nie einen Fehler. Er hatte genausoviel Menschenkenntnis wie du.«

»Ja«, bestätigte Lucy ihn, »er war ein Hund von Charakter. Und doch«, fügte sie hinzu, »haben eine Menge Leute das nicht gesehen. Was ein weiterer Grund dafür war, ihn zu mögen. Da war dieser Mann, der uns Hector gab.«

Bagot nahm die Geschichte auf.

»Hopkins mit Namen«, sagte er. »Börsenmakler von Beruf. Sehr stolz auf sein kleines Anwesen in Surrey. Ihr kennt den Typ – nichts als Stiefel und Gamaschen, wie auf den Bildern in den Sportzeitschriften. Ich bin der Überzeugung, daß er keine Ahnung hatte, wo bei einem Pferd hinten und vorne ist. Aber er ›konnte es nicht ertragen, uns mit so einer erbärmlichen kleinen Promenadenmischung zu sehen.‹« Bagot zitierte wieder. Offensichtlich enthielten die Worte eine Stichelei. »Und so erfrechte er sich, uns ein Geschenk zu machen. Einen Hund namens Hector.«

»Einen roten Setter«, erklärte Lucy.

»Mit einem Schwanz wie ein Ladestock«, fuhr Bagot fort, »und einem Stammbaum so lang wie euer Arm. Das Fräulein hätte beleidigt tun können – Gipsy. Sie hätte es übelnehmen können. Aber sie war ein Hund von Verstand. Nichts Kleinliches an ihr. Leben und leben lassen – es braucht solche und solche, um eine Welt zu machen. Das war ihr Motto. Man konnte ihnen auf der High Street begegnen – Arm in Arm, hätte ich beinahe gesagt, wie sie zusammen herumliefen. Sie hat ihm das eine oder andere beigebracht, möchte ich wetten ...«

»Sei ihm gegenüber fair, er war ein perfekter Gentleman«, unterbrach Lucy.

»Ein bißchen unterbelichtet im Dachstübchen«, sagte Tom Bagot und tippte sich an die Stirn.

»Aber mit perfekten Manieren«, wandte Lucy ein.

Es geht doch nichts über eine Hundegeschichte, um den Charakter der Menschen ans Licht zu bringen, dachte Mary Bridger. Natürlich war Lucy auf der Seite des Gentleman gewesen; Tom auf der Seite der Hundelady. Aber der Charme der Lady hatte sogar Lucy Bagot bezwungen, die dazu neigte, ihrem Geschlecht gegenüber streng zu sein. Also mußte sie etwas in sich gehabt haben.

»Und dann?« drängte sie sie.

»Alles ging wie geschmiert. Wir waren eine glückliche Familie«, fuhr Tom fort. »Nichts, was die Harmonie gestört hätte, bis —«, hier zögerte er. »Wenn man es bedenkt«, sprudelte er hervor, »kann man der Natur keinen Vorwurf machen. Sie stand in der Blüte der Jugend — zwei Jahre alt. Was wäre das bei einem Menschen? Achtzehn? Zwanzig? Und voller Leben — voller Spaß — wie Mädchen es sein sollten.« Er hielt inne.

»Du denkst an die Dinner-Party«, half seine Frau ihm. »Den Abend, an dem die Harvey Sinnotts zum Essen bei uns waren. Am vierzehnten Februar — was«, fügte sie mit einem seltsamen kleinen Lächeln hinzu, »Valentins-Tag ist.«

»Kuppeltag sagt man in meiner Ecke des Landes dazu«, warf Dick Bridger ein.

»Richtig«, fuhr Tom Bagot fort. »Valentins-Tag — der Gott der Liebe, nicht wahr? Jedenfalls waren Leute mit Namen Harvey Sinnott zum Essen bei uns. Wir hatten sie vorher noch nie gesehen. Hatten was mit der Firma zu tun« (Tom Bagot war der Londoner Partner der großen Liverpooler Konstruktionsfirma Harvey, Marsh und Coppard). »Es war etwas ganz Formelles. Für einfache Leutchen wie uns eine ziemliche Heimsuchung. Wir wollten ihnen Gastfreundschaft zeigen. Wir taten unser Bestes. *Sie*«, er deutete auf seine Frau, »gab sich unheimlich viel Mühe, war schon Tage vorher in heller Aufregung. Alles mußte genau so und nicht anders sein. Ihr kennt Lucy ja...« Er tätschelte ihr Knie. Mary Bridger kannte Lucy. Sie konnte den gedeckten Tisch sehen; das blinkende Silber, alles, wie Tom gesagt hatte, »genau so und nicht anders«, für die Ehrengäste.

»Es war eine Geschichte mit allen Schikanen, das ist mal sicher«, fuhr Tom Bagot fort. »Ein bißchen formell...«

»Sie war eine von den Frauen«, warf Lucy ein, »die sich ständig zu fragen scheinen ›Was hat das gekostet? Ist das echt?‹, während sie sich mit einem unterhalten. Und für den Anlaß zu fein gekleidet. Sie sagte – das Essen war halb vorbei – wie angenehm es sei – sie waren wie immer im Ritz abgestiegen, oder im Carlton – so ein kleines, ruhiges Essen. So einfach, so gemütlich. So eine Erholung...«

»Kaum daß die Worte aus ihrem Mund waren«, fiel Bagot ein, »gab es eine Explosion... Eine Art Erdbeben unter dem Tisch. Ein Getöse. Ein Quietschen. Und sie erhob sich in all ihrem...«, er breitete die Arme aus, um die umfangreiche Dame anzudeuten, »Gepränge«, probierte er, »und schrie, ›Etwas beißt mich! Etwas beißt mich!‹« machte er quiekend nach. »Ich tauchte unter den Tisch.« (Er sah unter die Falbel eines Sessels.) »Oh diese elende kleine Kreatur! Dieser mutwillige Kobold! Auf dem Boden vor den Füßen der guten Dame lag... sie hatte geboren... sie hatte ein Hundebaby bekommen!«

Die Erinnerung war zuviel für ihn. Er lehnte sich lauthals lachend in seinem Sessel zurück.

»Also«, fuhr er fort, »wickelte ich ein Tuch um sie. Ich trug sie beide hinaus. (Gnädigerweise war das Hundebaby tot, mausetot). Ich stellte sie vor die Tatsache. Ich hielt es ihr unter die Nase. Draußen im Hof hinter dem Haus. Draußen im Mondlicht, unter dem reinen Blick der Sterne. Ich hätte sie prügeln mögen, bis kein Leben mehr in ihr steckte. Aber wie kann man einen Hund prügeln, der grinst...«

»Den guten Sitten mitten ins Gesicht?« schlug Dick Bridger vor.

»Wenn du es so ausdrücken willst«, lächelte Bagot. »Aber ihre Haltung! Bei Gott! Sie rannte im Hof herum, das kleine Flittchen, und jagte eine Katze... Nein, ich hatte nicht das Herz, es zu tun.«

»Und die Harvey Sinnotts nahmen es wirklich sehr nett«, fügte Lucy hinzu. »Es brach das Eis. Danach wurden wir alle gute Freunde.«

»Wir haben ihr verziehen«, sprach Tom Bagot weiter. »Wir sagten, es dürfe nicht wieder vorkommen. Und es kam nicht wieder vor. Nie wieder. Dafür aber andere Dinge. Eine Menge Dinge. Ich könnte euch eine Geschichte nach der anderen erzählen. Aber die

Wahrheit ist«, er schüttelte den Kopf, »daß ich nicht an Geschichten glaube. Ein Hund hat einen Charakter genau wie wir, und der zeigt sich genau wie er es bei uns tut durch das, was wir sagen, durch alle Arten von kleinen Dingen.«

»Wenn man in ein Zimmer kam, fragte man sich – es klingt absurd, aber es ist die Wahrheit«, fügte Lucy hinzu, »warum hat sie das jetzt getan? als wäre sie ein Mensch. Und da sie ein Hund war, mußte man raten. Manchmal konnte man es nicht. Die Hammelkeule zum Beispiel. Sie nahm sie vom Tisch, hielt sie zwischen den Vorderpfoten, und lachte. Als Witz? Als Witz auf unsere Kosten? Es schien so. Und eines Tages versuchten wir, ihr einen Streich zu spielen. Sie hatte eine Leidenschaft für Obst – rohes Obst, Äpfel, Pflaumen. Wir gaben ihr eine Pflaume mit einem Stein drin. Was sie wohl damit macht? fragten wir uns. Statt unsere Gefühle zu verletzen, wenn ihr mir glauben wollt, behielt sie diese Pflaume im Maul, und dann, als sie dachte, daß wir nicht hinguckten, ließ sie den Stein in ihren Wassernapf fallen und kam schwanzwedelnd zurück. Es war, als hätte sie gesagt, ›Da habe ich es euch aber gezeigt!‹«

»Ja«, sagte Tom Bagot. »Sie hat uns eine Lektion erteilt. Ich habe mich oft gefragt«, fuhr er fort, »was sie von uns dachte – da unten zwischen all den Stiefeln und alten Streichhölzern auf dem Kaminläufer? Was war ihre Welt? Sehen Hunde, was wir sehen, oder ist es etwas anderes?«

Auch sie sahen hinunter auf die Stiefel und alten Streichhölzer, versuchten einen Augenblick lang mit der Schnauze auf den Pfoten zu liegen und mit den Augen eines Hundes in die roten Tiefen und die gelben Flammen zu sehen. Aber sie konnten diese Frage nicht beantworten.

»Man sah sie dort liegen«, sprach Bagot weiter, »Gipsy auf ihrer Seite des Feuers, Hector auf seiner, so verschieden wie Tag und Nacht. Es war eine Frage der Geburt und der Erziehung. Er war ein Aristokrat. Sie ein Hund aus dem Volk. Es war natürlich, wo ihre Mutter eine Streunerin gewesen war, ihr Vater weiß der Himmel wer, und ihr Herr ein Zigeuner. Man ging mit den beiden spazieren. Hector so schmuck wie ein Polizist, ganz auf der Seite von Recht und Ordnung. Und Gipsy sprang über Zäune, scheuchte die königlichen

Enten, aber immer auf der Seite der Möwen. Vagabunden wie sie selbst. Wir gingen mit ihr am Fluß entlang, wo die Leute die Möwen füttern. ›Nehmt euch euer Stückchen Fisch‹ sagte sie zu ihnen. ›Ihr habt es euch verdient.‹ Ich habe selbst gesehen, ob ihr es glaubt oder nicht, wie sie eine aus ihrem Maul fressen ließ. Aber für die verwöhnten Reichen hatte sie nichts übrig – die Möpse, die Schoßhündchen. Man konnte sich vorstellen, daß sie über das Thema debattierten, da unten auf dem Kaminläufer. Und bei Gott! sie überzeugte den alten Tory. Wir hätten es besser wissen müssen. Ja, ich habe mir oft Vorwürfe gemacht. Aber das ist es eben – wenn eine Sache vorbei ist, ist es leicht zu sehen, wie man sie hätte verhindern können.«

Ein Schatten flog über sein Gesicht, als erinnere er sich an eine kleine Tragödie, die, wie er sagte, hätte verhindert werden können und dem Zuhörer doch nicht mehr bedeuten würde als das Fallen eines Blatts, oder der Tod eines Schmetterlings durch Ertrinken. Die Bridgers stellten ihre Gesichter darauf ein zu hören, was immer es war. Vielleicht war sie von einem Auto überfahren, oder vielleicht war sie gestohlen worden.

»Es war dieser alte Dummkopf Hector«, sprach Bagot weiter. »Ich hatte noch nie etwas für schöne Hunde übrig«, erläuterte er. »Sie tun zwar keinem was, aber sie haben auch keinen Charakter. Vielleicht war er eifersüchtig. Er hatte nicht ihr Gespür für das Angemessene. Nur weil sie etwas tat, versuchte er, noch eins draufzusetzen. Um die Sache kurz zu machen – eines schönen Tages sprang er über die Gartenmauer, krachte durch das Gewächshaus eines Nachbarn, flitzte einem alten Herrn zwischen den Beinen durch, stieß mit einem Auto zusammen, ohne sich dabei etwas zu tun, machte aber eine Beule in die Kühlerhaube – das Stück Tagesarbeit kostete uns fünf Pfund zehn und einen Besuch beim Polizeigericht. Es war alles ihre Schuld. Ohne sie wäre er so zahm gewesen wie ein altes Schaf. Jedenfalls, einer von den beiden mußte gehen. Von Rechts wegen hätte es Gipsy sein müssen. Aber betrachtet es einmal von dieser Warte. Angenommen, man hat zwei Hausmädchen; beide kann man nicht behalten; die eine kriegt mit Sicherheit eine neue Stellung, aber die andere – sie ist nicht jedermanns Geschmack, findet vielleicht keine Arbeit mehr, würde in der Tinte sitzen. Ihr würdet nicht zögern – ihr würdet es genauso machen wie wir. Wir gaben Hector an Freunde weiter; wir behielten Gipsy. Vielleicht war es ungerecht. Jedenfalls fingen die Probleme damit an.«

»Ja, von da an ging alles schief«, sagte Lucy Bagot. »Sie hatte das Gefühl, einen guten Hund um sein Heim gebracht zu haben. Sie zeigte es auf alle möglichen Weisen, jene seltsamen kleinen Weisen, die alles sind, was ein Hund schließlich hat.« Sie machte eine Pause. Die Tragödie, wie immer sie auch aussehen mochte, kam näher, die absurde kleine Tragödie, die diese beiden älteren Leutchen so schwer erzählen und so schwer vergessen konnten.

»Bis dahin hatten wir nicht gewußt«, fuhr Bagot fort, »wieviel Gefühl in ihr steckte. Menschen, wie Lucy sagt, können sprechen. Sie können sagen, ›es tut mir leid‹, und damit hat es sich. Aber bei einem Hund ist das anders. Hunde können nicht reden. Aber Hunde«, fügte er hinzu, »erinnern sich.«

»Sie erinnerte sich«, bestätigte Lucy ihn. »Sie zeigte es. Eines Abends brachte sie zum Beispiel eine alte Lumpenpuppe ins Wohnzimmer. Ich saß alleine da. Sie nahm sie und legte sie auf den Boden, als sei sie ein Geschenk – als Ersatz für Hector.«

»Ein anderes Mal«, fuhr Bagot fort, »brachte sie einen weißen Kater nach Hause. Ein erbärmliches Tier, voller Schwären, hatte nicht einmal einen Schwanz. Und er wollte nicht wieder gehen. Wir wollten ihn nicht haben. Sie wollte ihn auch nicht. Aber es bedeutete etwas. Ersatz für Hector? Ihre einzige Art? Vielleicht...«

»Oder vielleicht gab es auch einen anderen Grund«, fuhr Lucy fort. »Ich kann es bis heute nicht sagen. Wollte sie uns einen Hinweis geben? Uns vorbereiten? Wenn sie nur hätte sprechen können! Dann hätten wir vernünftig mit ihr reden können, versuchen können, sie zu überzeugen. So aber wußten wir jenen ganzen Winter über nur vage, daß etwas nicht in Ordnung war. Sie schlief ein und fing an zu fiepen, als träume sie. Dann wachte sie auf und lief mit gespitzten Ohren durchs Zimmer, als höre sie etwas. Oft bin ich zur Tür gegangen und habe nachgesehen. Aber da war niemand. Manchmal fing sie am ganzen Leib an zu zittern, halb ängstlich, halb eifrig. Wenn sie eine Frau gewesen wäre, hätte man gesagt, daß sie langsam von einer Versuchung überwältigt wurde. Da war etwas, dem sie zu widerstehen suchte, es aber nicht konnte, etwas in ihrem Blut sozusagen, was zu stark für sie war. Das war das Gefühl, das wir hatten... Und sie wollte nicht mehr mit uns spazierengehen. Sie saß da auf dem Kaminläufer und lauschte. Aber es ist besser, euch nur die Fakten zu erzählen, und euch selbst urteilen zu lassen.«

Lucy schwieg. Aber Tom nickte ihr zu. »Erzähl du das Ende«, sagte er aus dem leicht ersichtlichen Grund, daß er sich nicht trauen konnte, so absurd es auch erscheinen mochte, das Ende selbst zu erzählen.

Lucy Bagot fing an; sie sprach steif, als läse sie aus einer Zeitung vor.

»Es war ein Winterabend, der sechzehnte Dezember 1937. Augustus, der weiße Kater, saß an der einen Seite des Feuers, Gipsy an der anderen. Es schneite. Alle Straßengeräusche waren vermutlich durch den Schnee gedämpft. Und Tom sagte: ›Man könnte eine Stecknadel fallen hören. Es ist so still wie auf dem Land.‹ Und das ließ uns natürlich hinhorchen. Ein Bus fuhr auf einer weiter entfernten Straße vorbei. Eine Tür schlug zu. Man konnte sich entfernende Schritte hören. Alles schien dahinzuschwinden, verloren im fallenden Schnee. Und dann – wir hörten es nur, weil wir hinhorchten – ertönte ein Pfiff – ein langer leiser Pfiff – der dahinschwand. Gipsy hörte ihn. Sie hob den Kopf. Sie zitterte am ganzen Leib. Dann grinste sie...«

Sie schwieg. Sie brachte ihre Stimme unter Kontrolle und sagte, »Am nächsten Morgen war sie weg.«

Es war totenstill. Sie hatten ein Gefühl von weitem leerem Raum um sich herum, von Freunden, die für immer verschwinden, fortgerufen von einer geheimnisvollen Stimme, in den Schnee hinaus.

»Ihr habt sie nie gefunden?« fragte Mary Bridger nach einer Weile.

Tom Bagot schüttelte den Kopf.

»Wir taten, was wir konnten. Setzten eine Belohnung aus. Fragten die Polizei um Rat. Es ging ein Gerücht – jemand hatte Zigeuner vorbeiziehen sehen.«

»Was glaubt ihr, was sie gehört hat? Worüber grinste sie?« fragte Lucy Bagot. »Oh ich bete immer noch«, rief sie aus, »daß es nicht das Ende war!«

»Sissy Miller am Apparat« – antwortete ihre Stimme ihm schließlich.

»Wer«, donnerte er, »ist B. M.?«

Er konnte die billige Uhr auf ihrem Kaminsims ticken hören; dann einen langgezogenen Seufzer. Dann endlich sagte sie:

»Er war mein Bruder.«

Er *war* ihr Bruder; ihr Bruder, der sich umgebracht hatte.

»Gibt es«, hörte er Sissy Miller fragen, »etwas, was ich erklären kann?«

»Nichts!« rief er. »Nichts!«

Er hatte sein Erbe erhalten. Sie hatte ihm die Wahrheit gesagt. Sie war vom Bürgersteig heruntergetreten, um sich mit ihrem Geliebten zu vereinen. Sie war vom Bürgersteig heruntergetreten, um ihm zu entkommen.

# Das Symbol

Auf der Spitze des Berges war eine kleine Kerbe wie ein Krater auf dem Mond. Sie war mit Schnee gefüllt, schillernd wie eine Taubenbrust, oder mattweiß. Hin und wieder gab es einen Schauer trockener Teilchen, die nichts zudeckten. Es war zu hoch für atmendes Fleisch oder fellbedecktes Leben. Trotzdem war der Schnee für einen Augenblick schillernd; und blutrot; und reinweiß, je nach Tag.

Die Gräber im Tal – denn auf jeder Seite gab es ein steiles Gefälle; erst purer Fels; schneeversintert; weiter unten klammerte sich eine Föhre an einen Felsvorsprung; dann eine einsame Hütte; dann eine Untertasse von reinem Grün; dann ein Grüppchen von Eierschalen-Dächern; zuletzt, ganz unten, ein Dorf, ein Hotel, ein Kino und ein Friedhof – die Gräber auf dem Kirchhof in der Nähe des Hotels überlieferten die Namen mehrerer Männer, die beim Bergsteigen abgestürzt waren.[1]

»Der Berg«, schrieb die Dame, auf dem Balkon des Hotels sitzend, »ist ein Symbol...« Sie hielt inne. Sie konnte die höchste Höhe durch ihr Glas sehen. Sie stellte die Linse scharf, wie um zu sehen, was das Symbol war. Sie schrieb an ihre ältere Schwester in Birmingham.

Der Balkon ging auf die Hauptstraße des alpinen Sommerferienortes hinaus, wie eine Loge in einem Theater. Es gab nur sehr wenige private Wohnzimmer, und so wurden die Stücke – wenn man sie so nennen durfte – die Vorspiele – in der Öffentlichkeit aufgeführt. Sie waren immer ein bißchen improvisiert; Präludien, Vorspiele. Unterhaltungen um die Zeit zu vertreiben; selten zu einem Schluß führend, wie zum Beispiel Heirat; oder auch nur dauerhafter Freundschaft. Es war etwas Phantastisches an ihnen, Luftiges, Unschlüssiges. So wenig Festes konnte auf diese Höhe gezerrt werden. Sogar die Häuser sahen wie Flitterkram aus. Bis die Stimme des *English Announcer* das Dorf erreicht hatte, war auch sie unwirklich geworden.

Sie senkte ihr Glas und nickte den jungen Männern zu, die sich auf der Straße unter ihr zum Aufbruch rüsteten. Zu einem von ihnen hatte sie eine gewisse Verbindung – das heißt, eine Tante von ihm war Rektorin an der Schule ihrer Tochter gewesen.

Den Federhalter noch in der Hand, noch einen Tropfen Tinte an der Spitze, winkte sie zu den Bergsteigern hinunter. Sie hatte geschrieben, der Berg sei ein Symbol. Aber für was?[2] In den vierziger Jahren des letzten Jahrhunderts waren zwei Männer, in den Sechzigern vier Männer umgekommen; die erste Gruppe, als ein Seil riß; die zweite, als die Nacht hereinbrach und sie zu Tode frieren ließ. Wir sind ständig dabei, irgendeine Höhe zu erklettern; das war das Klischee. Aber es verkörperte nicht das, was vor ihrem geistigen Auge stand; nachdem sie durch das Glas die jungfräuliche Höhe gesehen hatte.[3]

Sie schrieb weiter, inkonsequenterweise. »Ich frage mich, wieso er mich an die Isle of Wight denken läßt? Du erinnerst dich, als Mama im Sterben war, sind wir mit ihr dorthin gefahren. Und ich habe immer auf dem Balkon gestanden, wenn das Schiff kam, und die Passagiere beschrieben. Zum Beispiel sagte ich, ich glaube, das da muß Mr Edwards sein ... er ist gerade über die Gangway gekommen. Dann, jetzt sind alle Passagiere gelandet. Jetzt hat das Schiff gedreht ... Ich habe dir nie gesagt, natürlich nicht – du warst in Indien; du solltest Lucy bald bekommen – wie ich mich, wenn der Doktor kam, danach gesehnt habe, daß er sagen würde, ganz definitiv, sie hat höchstens noch eine Woche zu leben. Es zog sich sehr lange hin; sie lebte achtzehn Monate. Der Berg hat mich gerade daran erinnert, wie ich, wenn ich allein war, meine Augen auf ihren Tod richtete, als ein Symbol. Ich dachte, wenn ich diesen Punkt erreichen könnte – an dem ich frei sein würde – wir konnten nicht heiraten, wie du dich erinnerst, bis sie gestorben war – Eine Wolke genügte damals anstelle des Berges. Ich dachte, wenn ich diesen Punkt erreiche – ich habe es nie jemandem erzählt; denn es schien mir so herzlos; werde ich auf der Spitze sein.[4] Und ich konnte mir so viele Seiten vorstellen. Wir stammen ja aus einer anglo-indischen Familie. Ich kann mir immer noch vorstellen, nach Geschichten, die ich erzählen höre, wie die Menschen in anderen Teilen der Welt leben. Ich kann Lehmhütten sehen; und Wilde; ich kann Elefanten an Pfützen trinken sehen.

So viele unserer Onkel und Vettern waren Entdecker. Ich habe immer den sehnlichen Wunsch gehabt, selbst auch zu entdecken. Aber als die Zeit kam, schien es natürlich vernünftiger, in Anbetracht unserer langen Verlobung, zu heiraten.«

Sie sah über die Straße zu einer Frau, die auf einem anderen Balkon eine Matte ausschüttelte. Jeden Morgen zur selben Zeit kam sie heraus. Man hätte einen Kieselstein auf ihren Balkon werfen können. Sie hatten in der Tat den Punkt erreicht, sich über die Straße zuzulächeln.

»Die kleinen Villen«, fügte sie hinzu, nahm ihren Federhalter wieder auf, »sind hier ganz ähnlich wie in Birmingham. Jedes Haus nimmt Gäste auf. Das Hotel ist ziemlich voll. Wenn auch eintönig, ist das Essen nicht das, was man schlecht nennen würde. Und natürlich hat das Hotel einen herrlichen Blick. Man kann den Berg von jedem Fenster sehen. Aber das gilt natürlich für den ganzen Ort. Ich kann dir versichern, manchmal könnte ich schreien, wenn ich aus dem einen Laden komme, der Zeitungen verkauft – wir bekommen sie mit einer Woche Verspätung – immer diesen Berg zu sehen. Manchmal sieht er aus wie auf der anderen Seite des Wegs. Ein andermal wie eine Wolke; nur daß er sich nie bewegt. Irgendwie dreht sich die Unterhaltung, selbst unter den Kranken, die überall sind, immer um den Berg. Entweder, wie klar er heute ist, er könnte auf der anderen Straßenseite stehen; oder, wie weit weg er aussieht; er könnte eine Wolke sein. Das ist das übliche Klischee. Beim Sturm gestern abend hoffte ich, er sei wenigstens dieses eine Mal verborgen. Aber gerade als sie die Anchovis brachten, sagte The Reverend W. Bishop: »Sehen Sie, da ist der Berg!«

Bin ich selbstsüchtig? Sollte ich mich nicht schämen, wenn es so viel Leid gibt? Es ist nicht auf die Besucher beschränkt. Die Einheimischen leiden schrecklich unter Kropf. Natürlich könnte man dem Einhalt gebieten, wenn jemand Unternehmungsgeist hätte, und Geld. Sollte man sich nicht schämen, über Dinge zu brüten, die schließlich doch nicht geheilt werden können? Es würde schon ein Erdbeben erfordern, diesen Berg zu zerstören, so wie er, wie ich vermute, von einem Erdbeben geschaffen wurde. Ich habe den Besitzer, Herrn Melchior, neulich gefragt, ob es heute noch Erdbeben gebe? Nein, sagte er, nur Erdrutsche und Lawinen. Sie sind dafür bekannt, sagte er, ein ganzes Dorf auslöschen zu können. Aber er fügte schnell hinzu, hier besteht keine Gefahr.

Während ich diese Worte schreibe, kann ich die jungen Männer ganz deutlich an den Hängen des Berges sehen. Sie sind aneinandergeseilt. Einer, habe ich dir glaube ich erzählt, war mit Margaret auf derselben Schule. Sie überqueren nun eine Gletscherspalte...«

Der Federhalter fiel aus ihrer Hand, und der Tropfen Tinte krakelte in einer Zickzacklinie die Seite hinunter. Die jungen Männer waren verschwunden.

Erst am späten Abend, als der Suchtrupp die Leichen geborgen hatte, fand sie den unfertigen Brief auf dem Tisch auf dem Balkon. Sie tauchte den Federhalter noch einmal ein; und fügte hinzu, »Die alten Klischees kommen manchmal sehr gelegen. Sie starben, als sie den Berg zu erklettern versuchten... Und die Bauern brachten Frühlingsblumen, um sie auf ihre Gräber zu legen. Sie starben beim Versuch zu entdecken...«

Es schien keinen passenden Schluß zu geben. Und sie fügte hinzu, »Alles Liebe an die Kinder«, und dann ihren Kosenamen.

## Der Badeort

Wie alle Seebäder war es durchdrungen vom Geruch nach Fisch. Die Spielwarenläden waren voller Muscheln, lackiert, hart und doch zerbrechlich. Sogar die Einwohner hatten ein muscheliges Aussehen – ein frivoles Aussehen, als sei das echte Tier an der Spitze einer Nadel herausgezogen worden und nur die Schale geblieben. Die alten Männer auf der Promenade waren Muschelschalen. Ihre Gamaschen, ihre Reithosen, ihre Ferngläser schienen sie zu Spielzeug zu machen. Sie konnten ebensowenig echte Seeleute oder echte Angler gewesen sein, wie die Muscheln, die auf die Ränder von Bilderrahmen und Spiegeln geklebt waren, in den Tiefen der See hätten liegen können. Auch die Frauen, mit ihren langen Hosen und ihren hochhackigen Schühchen und ihren Basttaschen und ihren Perlenketten schienen Schalen von echten Frauen, die morgens aus dem Haus gehen, um ihre Einkäufe zu machen.

Um ein Uhr drängte sich diese zerbrechliche lackierte Schalen-Tier-Bevölkerung im Restaurant zusammen. Das Restaurant hatte einen fischigen Geruch, den Geruch einer Schmacke, die Netze voller Sprotten und Heringe eingeholt hat. Der Verzehr von Fisch in diesem Speisesaal mußte gewaltig gewesen sein. Der Geruch durchdrang sogar den Raum auf dem ersten Treppenabsatz, der mit Damen gekennzeichnet war. Dieser Raum wurde von einer Tür in nur zwei Abteilungen geteilt. Auf der einen Seite der Tür wurden die Ansprüche der Natur befriedigt; und auf der anderen, am Waschtisch, am Spiegel, wurde die Natur von der Kunst diszipliniert. Drei junge Damen hatten dieses zweite Stadium des täglichen Rituals erreicht. Sie übten ihre Rechte auf Verbesserung der Natur aus, unterwarfen sie, mit ihren Puderquasten und kleinen roten Döschen. Während sie dies taten, unterhielten sie sich; aber ihre Unterhaltung wurde unterbrochen wie vom Branden einer einlaufenden Flut; und dann zog die Flut sich zurück und man hörte eine sagen:

»Ich habe mir nie was aus ihr gemacht – diesem affektierten kleinen Ding... Bert hat sich nie was aus großen Frauen gemacht... Hast du ihn gesehen, seit er zurück ist?... Seine Augen... sie sind so blau... Wie Tümpel... Die von Gert auch... Die beiden haben die gleichen Augen... Man sieht in sie hinunter... Sie haben beide die gleichen Zähne... Ach Er hat so schöne weiße Zähne... Gert hat sie auch... Aber seine sind ein bißchen schief... wenn er lächelt...«

Das Wasser rauschte... Die Flut schäumte und zog sich zurück. Als nächstes deckte sie auf: »Aber er soll besser vorsichtiger sein. Wenn er dabei erwischt wird, kommt er vors Kriegsgericht...« Hier kam ein gewaltiges Wasserrauschen aus der nächsten Abteilung. Die Flut im Badeort scheint unaufhörlich zu kommen und sich zurückzuziehen. Sie deckt diese kleinen Fische auf; sie schwappt über sie. Sie zieht sich zurück, und da sind die Fische wieder, riechen sehr stark nach einem merkwürdigen fischigen Geruch, der den ganzen Badeort zu durchdringen scheint.

Aber nachts sieht der Ort sehr ätherisch aus. Am Horizont ist ein weißes Glühen. In den Straßen sind Reifen und Diademe. Die Stadt ist im Wasser versunken. Und nur das Skelett wird von magischen Lichtern umrissen.

# Anmerkungen

Folgende Abkürzungen sind verwendet:
VW = Virginia Woolf
MT = Monday or Tuesday, 1921, die einzige von VW veranstaltete Sammlung ihrer erzählenden Kurzprosa. (Inhalt: A Haunted House – A Society – Monday or Tuesday – An Unwritten Novel – The String Quartet – Blue & Green – Kew Gardens – The Mark on the Wall)

## Die Abendgesellschaft (The Evening Party)

*Deutsch von Marianne Frisch*

Möglicherweise bereits 1918 geschrieben, im Umkreis der in MT aufgenommenen Arbeiten. Vielleicht 1925 überarbeitet. Es existieren zwei undatierte Typoskripte mit handschriftlichen Korrekturen. Unveröffentlicht.
1 »Away! the moor is dark beneath the moon –«, Percy Bysshe Shelley, ›Stanzas – April, 1814‹.
2 Statt »correction« (Richtigstellung) steht in dem der Textkonstitution nicht zugrundegelegten Typoskript »interruption« (Unterbrechung).

## Beileid (Sympathy)

*Deutsch von Marianne Frisch*

Das Typoskript ist undatiert, die Herausgeberin vermutet aber, daß die Erzählung im Frühjahr 1919 geschrieben wurde (als der 29. April auf einen Dienstag fiel). Einige Sätzchen aus der Erzählung sind in das Prosastück ›Montag oder Dienstag‹ aufgenommen. Eine Kurzfassung von ›Sympathy‹, unter dem Titel ›A Death in the Newspaper‹, wurde wahrscheinlich im Januar 1921 geschrieben:
»Ein Tod in der Zeitung
Humphrey Hamond ist tot ... Wie der Tod alles verwandelt! Die Farben sind geschwunden. Die Bäume sehen dünn wie Papier aus. Der Verkehr dröhnt über einen Abgrund herüber. Die Orgel braust Skelettmusik. So habe ich von

einem Schnellzug aus den Mann mit einer Sichel von der Hecke aufblicken sehen, während wir vorüberflogen, und die Liebenden, die im hohen Gras lagen, starrten, starrten. Räder und Schreie tönen mal tief, mal hoch; alle in Harmonie. Eine Biene summt im Zimmer herum und wieder hinaus – davon. Die Blumen neigen ihre Köpfe zur rechten Zeit.

Tod, wie groß du bist! Tod, wie süß du bist! . . . Aber Hamond hat zwei m's. Humphrey lebt! O Tod, was bist du für ein Betrüger!«

Unser Text der Erzählung folgt dem Typoskript. Unveröffentlicht.

1 Es ist unklar, ob der von VW eingeklammerte Satz gestrichen werden sollte.
2 Siehe ›Montag oder Dienstag‹, S. 167.
3 Die letzten beiden Sätze stehen anstelle des folgenden, gestrichenen Schlusses:
   »Willst du mir damit sagen, daß Humphry am Ende lebt und du nie die Schlafzimmertür geöffnet oder Anemonen gepflückt hast, und ich dies alles umsonst gedacht habe; der Tod war gar nie hinter dem Baum; und ich soll mit dir zu Abend essen, und Jahre und Jahre, in denen sich Fragen nach Möbeln stellen lassen. Humpry Humphry, du hättest sterben sollen!«

Der letzte Satz wurde vor der Streichung der Passage durch den folgenden ersetzt: »Oh je, warum hast du mich getäuscht?«


# Ein Verein (A Society)

*Deutsch von Brigitte Walitzek*

Der Romancier Arnold Bennett hatte 1920 in *Our Women* von der geistigen Inferiorität der Frauen gehandelt. VW hatte mit zwei Protestbriefen darauf reagiert. Im Tagebuch vom 26. September 1920 ist die Rede von einem »Aufsatz über Frauen, als Gegenschlag gegen Mr Bennetts gegenteilige Ansichten, die den Zeitungen zu entnehmen sind.« Ein solcher Aufsatz findet sich nicht; die vorliegende satirische Erzählung mag die Antwort gewesen sein. – Es existiert ein unvollständiges, undatiertes Typoskript der Erzählung mit handschriftlichen Veränderungen. Veröffentlichung in MT, unserer Textgrundlage. Der Text wurde nicht nachgedruckt.

1 Bezieht sich auf den berühmten *Dreadnought*-Schwindel vom Februar 1910: VW und fünf Freunde verkleideten sich als Kaiser von Abessinien mit Gefolge und statteten dem Schiff der königlichen Marine, HMS *Dreadnought*, einen hochfürstlichen Besuch ab. Siehe Quentin Bell, *Virginia Woolf* (Frankfurt 1982), S. 204 ff.
2 Alfred Lord Tennyson, ›Break, Break, Break‹.
3 Robert Louis Stevenson, *Underwoods*, ›Requiem‹, XXI.

4 Robert Burns, ›It was a' for our Rightfu' King‹.
5 Bezug vielleicht auf A. C. Swinburne, ›Hymn to Proserpine‹.
6 Thomas Nashe, ›Spring‹.
7 Robert Browning, ›Home-Thoughts from Abroad‹.
8 Charles Kingsley, ›The Three Fishers‹.
9 Alfred Lord Tennyson, ›Ode on the Death of the Duke of Wellington‹.
10 Die populären Romanciers H. G. Wells (1866–1946) und Arnold Bennett (1867–1931) wurden von VW attackiert in ihren Essays ›Moderne Romankunst‹ (siehe *Der gewöhnliche Leser*) und ›Mr Bennett und Mrs Brown‹. – Compton Mackenzie (1883–1972), erfolgreicher, äußerst fruchtbarer Autor, sozialkritisch und skandalisierend, von dem die Romane *Carnival* (1912) und *Sinister Street* (1913–4) bereits erschienen waren. – McKenna ist heute vergessen. – Hugh Walpole (1884–1941), populärer ›altmodischer‹ Romancier; Jugend- und Schulthematik. Korrespondierte in späteren Jahren mit VW, die er um ihre ›moderne‹ Kunst beneidete.
11 Der Versailler Vertrag, am 28. Juni 1919 unterzeichnet, trat am 10. Januar 1920 in Kraft. Der Ökonom John Maynard Keynes, ein Freund VWs und Mitglied der Bloomsbury-Gruppe, der an den Friedensverhandlungen teilnahm, schrieb ein wichtiges, den Vertrag kritisierendes Buch, *The Economic Consequences of the Peace*, London 1919.


## Blau & Grün (Blue & Green)

*Deutsch von Marianne Frisch*

Veröffentlicht in MT, nicht wieder nachgedruckt.


## Ein Frauencollege von außen
(A Woman's College from Outside)

*Deutsch von Brigitte Walitzek*

Wahrscheinlich im Juli 1920 als Kapitel X für *Jacob's Room* geschrieben, aber nicht in den Roman aufgenommen. Veröffentlicht im November 1926 unter dem o. a. Titel in *Atalanta's Garland: Being the Book of the Edinburgh University Women's Union*. Daß VW die Figur der Angela viermal in der Handschrift und einmal im Typoskript »Miranda« nennt, legt eine Verbindung dieser Figur mit der Miranda in ›Im Obstgarten‹ nahe. Wieder abgedruckt in *Books and Portraits* (1977). Unser Text folgt dem Erstdruck in *Atalanta's Garland*.


## Im Obstgarten (In the Orchard)

*Deutsch von Brigitte Walitzek*

In einem Brief an Katherine Arnold-Forster am 23. August 1922 erwähnt. Veröffentlicht in *Criterion*, April 1923, nachgedruckt in *Broom*, September 1923 und in *Books and Portraits* (1977). Unser Text folgt dem Erstdruck in *Criterion*.


## Mrs Dalloway in der Bond Street
## (Mrs Dalloway in Bond Street)

*Deutsch von Dieter E. Zimmer*

Die Erzählung wird erwähnt in Briefen und Tagebüchern zwischen dem 14. April und dem 28. August 1922. Am 6. Oktober skizzierte sie den Plan zu einem Buch, das ›At Home: or The Party‹ heißen und in dem ›Mrs Dalloway in Bond Street‹ das erste Kapitel sein sollte. Am 14. Oktober notierte sie, daß die Erzählung ›sich zu einem Buch ausgeweitet‹ habe. Am 4. Juni 1923 schickte sie die Erzählung an T. S. Eliot, den Herausgeber des *Criterion*, bemerkte aber, »Mrs Dalloway scheint mir nicht ›fertig‹ zu sein, so wie sie dasteht.« Die Erzählung wurde im Juli 1923 im *Dial* veröffentlicht und in *Mrs Dalloway's Party* (1973) nachgedruckt. Unser Text folgt dem Erstdruck in *Dial*.

1 Hier und auf den Seiten 188 und 191 erinnert sich Clarissa an Zeilen aus Strophe XL von Shelleys ›Adonais‹, einem Gedicht, das sie auch in *Die Fahrt hinaus* (1915) zitiert, wo Mrs Dalloway zum erstenmal auftritt:
»From the contagion of the world's slow stain
He is secure, and now can never mourn
A heart grown cold, a head grown grey in vain ...«
2 Edward Fitzgerald, ›The Rubáiyát of Omar Khayyám‹.
3 Der Held in R. S. Surtees' Roman *Mr Sponge's Sporting Tour* (London 1853) wird von seinen »gutgelaunten Freunden« »Seifenschwamm« genannt.
4 In der Erinnerung an Elizabeth Gaskells Roman *Cranford* (London 1853) bringt Clarissa den Namen, den die Knaben in Cranford dem ersten roten

Seidenschirm, den sie sehen, geben (›ein Stock in Unterröcken‹) durcheinander mit Miss Betsy Barkers Kuh, die in grauem Flanell herumläuft, nachdem ein Sturz in die Kalkgrube sie der Fellhaare beraubt hat.
5 Hier und auf S. 193 erinnert sich Clarissa an das Grablied aus Shakespeares *Cymbeline*, IV, ii.
6 Der amerikanische Künstler John Sargent (1856–1925) war berühmt für seine Porträts von Damen der Gesellschaft.

## Schwester Lugtons Vorhang (Nurse Lugton's Curtain)

*Deutsch von Brigitte Walitzek*

Wahrscheinlich im Herbst 1924 geschrieben, aus dem Roman-Komplex *Mrs Dalloway*: die (titellose) Geschichte unterbricht die Szene, in der Septimus Warren Smith seiner Frau Rezia zusieht, wie sie einen Hut für Mrs Filmers Tochter näht. Die Transkription des handschriftlichen Entwurfs wurde am 17. Juni 1965 in *Times Literary Supplement* und 1966 von der Hogarth Press (als ›Nurse Lugton's Golden Thimble‹) veröffentlicht. Im Vorwort zur Hogarth Press-Ausgabe schrieb Leonard Woolf, die Erzählung sei für VWs Nichte, Ann Stephen, geschrieben worden, als sie ihre Tante einmal auf dem Lande besuchte. Ein undatiertes Typoskript mit handschriftlichen Verbesserungen und dem Titel ›Nurse Lugton's Curtain‹ wurde kürzlich unter den Charleston Papers in der King's College Library, Cambridge, entdeckt. Unser Text folgt diesem Typoskript.

## Die Witwe und der Papagei: Eine wahre Geschichte (The Widow and the Parrot: A True Story)

*Deutsch von Brigitte Walitzek*

Die Erzählung ›erschien‹ zuerst in *The Charleston Bulletin*, einer Zeitung, die die Bell-Kinder in den zwanziger Jahren in Charleston (dem Landsitz der Familie) herausgaben. Die Erzählung erreichte ein größeres Publikum, als sie im Juli 1982 im *Redbook Magazine* und 1988 in der Hogarth Press mit Illustrationen von Julian Bell, einem Großneffen VWs, erschien. Unser Text folgt dem Typoskript, das handschriftliche Verbesserungen aufweist.

Der Charakter einer ›wahren‹ Geschichte wird durch das Lokalkolorit unterstrichen: das Haus des Bruders der Witwe steht in der Nähe von Monks House in Rodmell, wohin die Woolfs im September 1919 gezogen waren. Der Reverend James Hawkesford war von 1896 bis 1928 Pfarrer in Rodmell.

## Glück (Happiness)

*Deutsch von Brigitte Walitzek*

Vermutlich wie ›Das neue Kleid‹ im Frühjahr 1925 geschrieben und in den ›Notes for Stories‹ erwähnt. Undatiertes Typoskript mit handschriftlichen Verbesserungen. Es existiert keine fertige Fassung. Unveröffentlicht.
1 Sarah Kemble Siddons (1755–1831), die berühmteste Schauspielerin ihrer Zeit.
2 Kew Gardens, der Londoner Park und botanische Garten. Siehe die gleichnamige Erzählung.


## Vorfahren (Ancestors)

*Deutsch von Brigitte Walitzek*

Die Erzählung bzw. deren Titel ist bereits 1922 in dem Plan für ein Buch, ›At Home: or The Party‹, erwähnt, wo es das dritte Kapitel bilden sollte. Aufgeführt in den ›Notes for Stories‹ von 1925. Der handschriftliche Entwurf ist vom 18. und 22. Mai 1925 datiert. Ein Typoskript der ersten Seite hat sich auch erhalten. Veröffentlichung in *Mrs Dalloways Party* (1973). Die ersten 5 Absätze des hier gegebenen Textes sind nach dem Typoskript transkribiert; der Rest ist eine Transkription der Handschrift. Wörter in eckigen Klammern waren von der Autorin getilgt.


## Vorgestellt werden (The Introduction)

*Deutsch von Dieter E. Zimmer*

Vermutlich im Frühjahr 1925 geschrieben. In den ›Notes for Stories‹ bezieht sie sich am 14. März 1925 auf eine Erzählung über »das Mädchen, das einen Aufsatz über den Charakter Bolingbrokes geschrieben hatte und sich mit dem jungen Mann unterhält, der eine Fliege tötet, während sie spricht«. Undatiertes Typoskript mit handschriftlichen Verbesserungen. Die Stellen in eckigen Klammern sind im Typoskript gestrichen. Erstveröffentlichung im *Sunday Times Magazine* (18. März 1973) und in *Mrs Dalloways Party* (1973). Unser Text folgt dem Typoskript.

Mit Dean Swift ist Jonathan Swift (1667–1745) gemeint, der Dean of St. Patrick's, Dublin.

## Eine einfache Melodie (A Simple Melody)

*Deutsch von Marianne Frisch*

Um 1925 geschrieben. Es existiert nur eine handschriftliche Fassung, kein Typoskript. Die Wörter in eckigen Klammern waren nicht eindeutig zu entziffern. Unveröffentlicht.

1 Vermutlich Anspielung auf die British Empire Exhibition in Wembley Park (London), April bis Oktober 1924. Siehe VWs Essay ›Thunder at Wembley‹, *Nation & Athenaeum*, 28. Juni 1924.
2 Die Frau Georgs V, der von 1910 bis 1936 regierte.
3 Siehe die Erzählung ›Das neue Kleid‹.
4 Siehe die Erzählung ›Glück‹.
5 Siehe die Erzählung ›Der Mann, der seinesgleichen liebte‹.
6 John Crome (1768–1821), führendes Mitglied der Norwich School of Painting.


## Die Faszination des Teichs (The Fascination of the Pool)

*Deutsch von Brigitte Walitzek*

Revidiertes Typoskript, datiert 29. Mai 1929, dem unser Text folgt. Unveröffentlicht.

1 Die Great Exhibition, die erste Weltausstellung, wurde von Königin Viktoria am 1. Mai 1851 im Crystal Palace, Hyde Park, eröffnet.
2 Lord Nelson schlug Napoleons Flotte bei Trafalgar am 21. Oktober 1805 und kam dabei um.
3 Hier sind die Worte »of the great seer« (»des großen Sehers«) gestrichen.

## Drei Bilder (Three Pictures)

*Deutsch von Brigitte Walitzek*

Im Juni 1929 geschrieben. Das dritte ›Bild‹ geht zurück auf eine Friedhofszene, die VW am 4. September 1927 in ihrem Tagebuch beschreibt. Erstveröffentlichung in *The Death of the Moth* (London 1942), der unser Text folgt.


## Szenen aus dem Leben eines britischen Marineoffiziers (Scenes from the Life of a British Naval Officer)

*Deutsch von Brigitte Walitzek*

Wahrscheinlich Ende 1931 geschrieben. Die Skizze gehört in den Umkreis geplanter ›Karikaturen‹ aus dem englischen Leben, in dem auch ›The Shooting Party‹ (›Die Jagdgesellschaft‹) und ›The Great Jeweller‹ (›Die Herzogin und der Juwelier‹) von VW genannt werden. Undatiertes Typoskript mit handschriftlichen Verbesserungen. Die Wörter in eckigen Klammern sind im Typoskript gestrichen. Unveröffentlicht.


## Miss Pryme

*Deutsch von Brigitte Walitzek*

Undatiertes Typoskript. Unveröffentlicht.
1 Der Pfarrer Pember hat gewisse Ähnlichkeit mit Rev. James Hawkesford aus Rodmell, wie VW ihn im Tagebuch vom 25. September 1927 beschreibt. Hawkesford figuriert in ›Die Witwe und der Papagei‹.
2 »... by getting a scene from Twelfth Night ...« Der Sinn ist dunkel.
3 Henry Malthouse, der Besitzer des Wirtshauses Abergavenny Arms in Rodmell, starb im Frühjahr 1933. Es ist das Begräbnis seines Sohns, das der Beschreibung in ›Drei Bilder‹ zugrunde liegt.

Ode teils in Prosa geschrieben ... (Ode Written Partly in
Prose on Seeing the Name of Cutbush Above a Butcher's Shop
in Pentonville)

*Deutsch von Brigitte Walitzek*

Typoskript mit Verbesserungen, vom 28. Oktober 1934 datiert. Unveröffentlicht.
1 Lord Byrons komisches Gedicht ›Written after Swimming from Sestos to Abydos‹ (1822) feiert sein Durchschwimmen des Hellespont.
2 Frederick Leighton (1830–1896), populärer viktorianischer Maler und Bildhauer, malte viele Genrestücke griechischen und römischen Lebens.


[Porträts] (Portraits)

*Deutsch von Brigitte Walitzek*

Die Skizzen gehören vermutlich zu einer Gemeinschaftsarbeit, ›Faces and Voices‹, die VW und Vanessa Bell im Februar 1937 diskutierten. Die Reihenfolge, sowie die Titel der Porträts 4 bis 8, stammen von der engl. Herausgeberin, die auch zwei verschiedene Typoskriptgruppen kollationierte. Das 8. Porträt geht auf ›The Broad Brow‹ zurück, ein Stück aus ›Three Characters‹, die VW 1930 entwarf. ›Three Characters‹ wurde 1972 in *Adam International Review* publiziert.
1 Oscar Wilde (1854–1900) war berühmt-berüchtigt für seine Scharfzüngigkeit im London der 1890er Jahre.
2 In den 1890er Jahren erhielten die Busfahrer und -kondukteure, die während der Weihnachtsfeiertage die Rothschildschen Häuser in Piccadilly passierten, Fasane zum Geschenk. Sie dankten es, indem sie ihre Peitschen und Klingelschnüre mit Bändern in den Farben blau und ambra umwickelten, den Rothschildschen Farben bei Pferderennen. (Vgl. Virginia Cowles, *The Rothschilds: A Family of Fortune*, London 1973, S. 181).
3 Vernon Lee war das Pseudonym von Violet Paget (1856–1935), vor allem Essayistin (italienische Geschichte und Kunst), Reiseschriftstellerin, Romanautorin.
4 Fra Angelico (1387–1455), der Maler der Florentiner Frührenaissance, soll ein Bildnis der Jungfrau Maria auf den Knien gemalt haben.
5 Ouida war das Pseudonym von Marie Louise de la Ramée (1839–1908),

einer äußerst fruchtbaren und populären viktorianischen Romanautorin, die die längste Zeit ihres Lebens in Italien verbrachte.

6 ›Middlebrow‹ – so auch der andere Titel der Skizze ›The Broad Brow‹, die VW als Brief 1932 für den *New Statesman* geschrieben, aber nicht eingeschickt hatte. Unter dem Titel ›Middlebrow‹ 1942 in *The Death of the Moth* veröffentlicht. VW spielt an auf die Ausdrücke ›high brow‹ (Intellektueller) und ›low brow‹, womit nicht nur der ungebildete, sondern auch der kulturlose Mensch gemeint ist.


## Onkel Wanja (Uncle Vanya)

*Deutsch von Brigitte Walitzek*

Es gibt drei undatierte Typoskript-Entwürfe der Skizze, 1937. Unveröffentlicht.

VW sah am 16. Februar 1937 eine Aufführung von Tschechows *Onkel Wanja*, dessen letzte Szenen den Hintergrund der Skizze bilden. Am Ende des dritten Aktes feuert Wanja seinen Revolver auf den gehaßten Schwager Serebrjakow ab, verfehlt ihn aber. Im vierten Akt vergibt dieser Wanja und reist ab. Sonja, Wanjas Nichte und zurückgesetzte Tochter des pompösen Serebrjakow, sagt am Schluß wiederholt zu dem unglücklichen Wanja: »Wir werden ausruhen.«

In den beiden vermutlich früheren Fassungen der Skizze fühlte sich die Erzählerin von den verfehlten Schüssen Wanjas an die melodramatischen Selbstmordversuche der Gräfin Tolstoi erinnert. »Es erinnert mich an die Tolstois«, sagt die Sprecherin. »Sie feuerte eine Spielzeugpistole ab und versuchte sich damit zu töten. Und er fuhr davon.« Die in den früheren Fassungen verarbeiteten Ereignisse finden sich in *The Final Struggle: Being Countess Tolstoy's Diary for 1910,* übers. v. A. Maude, London 1936, S. 284 und 341, einem Buch, das VW im Februar 1937 las.


## Gipsy, die Promenadenmischung (Gipsy, the Mongrel)

*Deutsch von Brigitte Walitzek*

Im Oktober 1939 hatte VWs New Yorker Agent Chambrun eine Hundegeschichte »bestellt«. Am 22. Januar 1940 schickte sie die Erzählung an Chambrun, für die sie im März £ 170 erhielt, die aber nie veröffentlicht wurde.

Das undatierte Typoskript mit handschriftlichen Verbesserungen scheint aus mindestens drei verschiedenen Entwürfen zusammengesetzt zu sein.


## Das Symbol

*Deutsch von Brigitte Walitzek*

Dieses und das folgende Stück (›Der Badeort‹) gehört mit drei weiteren, nicht ausgeführten, zu einer Gruppe von fünf Skizzen, die das letzte an erzählender Prosa sind, was VW schrieb. Nur ›Das Symbol‹ und ›Der Badeort‹ scheinen vollständig zu sein.

Die Idee, eine Erzählung über einen Berggipfel zu schreiben, taucht seit 1937 im Tagebuch auf. Der hier gegebene Text geht auf ein vom 1. März 1941 datiertes Typoskript mit handschriftlichen Veränderungen zurück. Der maschinenschriftliche Titel ›Inconclusions‹ ist durch ›The Symbol‹ ersetzt. Die wichtigsten Änderungen bzw. Auslassungen sind die folgenden:

1 [In der Handschrift folgt auf diesen Satz:] »Der jungfräuliche Gipfel war noch nie bestiegen worden. [Ausgestrichen:] Es war eine Bedrohung: etwas im Geist Auseinandergerissenes, wie die zwei Teile einer zerbrochenen Scheibe: zwei Zahlen: zwei Zahlen, die nicht zusammengezählt werden können: ein Problem, das unlösbar ist.«
2 [Im Typoskript folgen auf diesen Satz zwei gestrichene Sätze:] »An der Spitze ihrer Füllfeder war ein Klischee. Das Symbol der Anstrengung.«
3 [In der Handschrift denkt die Frau auf dem Balkon, nachdem ihr in den Sinn gekommen ist, der Berg sei ein Symbol der Anstrengung:] »Aber das war unpassend. Das andere, was dieser Gipfel vorstellte, war alles andere als ein Klischee: es war etwas, das sich keineswegs spontan in Tinte ergoß, sondern sogar für sie selbst so gut wie unaussprechlich blieb.
Der Krater an der Spitze des Berges registrierte die Veränderungen des Tages. Geht es mir hier gut, schrieb sie, mit dem, was noch an Tinte in ihrer Feder verblieb? Um dir die Wahrheit zu sagen, ich habe praktisch kein [Gefühl?] mehr. Ich schreibe auf einem Balkon, und um ein Uhr wird der Gong ertönen. Ich habe meine Nägel nicht geschnitten. Ich habe mein Haar nicht gemacht. Wenn ich ein Buch lese, kann ich es nicht zu Ende lesen. Ich frage mich, warum ich, als ich jung war, den Mann, der mich heiraten wollte, abwies? Warum war Papa bewegt, als ich Jasper kennenlernte? Dann gab es Mamas Krebs. Ich mußte sie pflegen. Alles war für mich verloren. Ich meine, es wurde weggefegt.«
4 [Auf die handschriftliche Fassung dieser Passage folgt:] »Wieso schreibe ich

das alles eigentlich? Ich sollte, ich weiß, wie man so sagt, in dein Leben treten. Das ist die einzige Art, wie wir verschwinden können ... Sie sah auf den Berg ... Es gibt Menschen, die sagen, das ist die Art, wie sich etwas auf den Begriff bringen läßt. Schreibe ich Unsinn? Ich versuche dir nur zu sagen, was ich auf dem Balkon denke. Wie bei den jungen Leuten ist immer das Bedürfnis wach, die Höhe zu meistern. Mir kommen die absurdesten Träume. Ich denke, wenn ich nur dahin gelangen könnte, könnte ich glücklich sterben. Ich denke dort, im Krater, der wie einer der Mondflecken aussieht, müßte ich die Antwort finden. Es ist über mich gekommen, daß wir, wenn wir etwas bedauern – etwa die vergeudete Jugend – nur Klischees benutzen. Das wirkliche Problem ist, die Spitze des Berges zu erklettern. Warum, wenn es das nicht ist, haben wir das Bedürfnis? Wer gab es uns? Es ist Zeit, fügte sie hinzu, daß ich Blumen für die Gräber der Abgestürzten kaufe: außerdem leiden sie unter Kropf. Den Grund könnte ich zweifellos entdecken. Aber ... Die Abhänge geben mir so viele Gedanken ein.« [Die Pünktchen stammen von VW.]

## Der Badeort (The Watering Place)

*Deutsch von Brigitte Walitzek*

Am 26. Februar 1941 vermerkt VW im Tagebuch ein Gespräch, das sie in der Damentoilette eines Restaurants in Brighton mit anhörte, das dem der Erzählung ähnlich ist.

Undatiertes Typoskript. Gegenüber dem handschriftlichen Entwurf sind alle Anspielungen auf die Toilettenfrau gestrichen, deren Erinnerungen, wie die Erzählerin vermerkt, »nie aufgeschrieben worden sind«. »Wenn sie, in hohem Alter, durch die Korridore der Erinnerung zurückblicken, muß ihre Vergangenheit von der aller anderen Menschen verschieden sein. Sie muß zerschnitten sein: unverbunden. Die Türe muß ständig aufgehen: und sich schließen. Sie können keine festen Beziehungen zu ihresgleichen haben.«

# Virginia Woolf
# Gesammelte Werke
### Herausgegeben von Klaus Reichert

»*Um eine neue Bahn einzuschlagen, muß ein Romanautor nicht nur große Gaben besitzen, sondern auch eine große Unabhängigkeit des Geistes. Virginia Woolfs Stil ist von erstaunlicher Schönheit. Ihre Art zu beobachten setzt eine unermeßliche und angespannte Arbeit voraus. Sie erleuchtet nicht nur durch plötzliche Blitze, sondern verbreitet ein ruhiges und sanftes Licht.*« T.S. Eliot

**Zur Ausgabe**

Virginia Woolf ist vielleicht die bedeutendste, gewiß ist sie die fruchtbarste Schriftstellerin dieses Jahrhunderts gewesen. Sie hat die Form des Romans von Grund auf erneuert, und ohne sie und James Joyce hätte die Entwicklung des Romans einen anderen Verlauf genommen. Sie hat die in England hochentwickelte Form des Essays auf neue, ungeahnte Höhen geführt, und sie hat mit ihrem großen Tagebuch ein Dokument der *condition humaine* geschaffen, das nur mit den großen Beispielen der Gattung – Pepys, John Evelyn, Saint-Simon – zu vergleichen ist. Nicht zuletzt ist Virginia Woolf eine der ersten Autorinnen, die sich konsequent um Geschichte und Zukunft weiblichen Schreibens in unserer Gesellschaft gekümmert haben. Durch diesen Aspekt ihres Werkes wurde sie zur zentralen, nicht unumstrittenen Figur der internationalen Frauenbewegung. Bisher war nur ein kleiner Teil des Werkes Virginia Woolfs zugänglich: die Romane bis auf einen, die kurze Erzählprosa etwa zu einem Drittel, von den über tausend Essays rund eine Handvoll, ein paar autobiographische Texte, nichts von dem ebenfalls opulenten Briefwerk. Mit der geplanten Ausgabe soll das Werk der Autorin in angemessener Vollständigkeit vor dem deutschen Publikum ausgebreitet werden.

# Editionsplan

*Virginia Woolf*
*Gesammelte Werke*

*bereits erschienen*

*Die Fahrt hinaus.* Roman
*Das Mal an der Wand.* Gesammelte Kurzprosa
*Tagebücher.* Band 1 (1915–1919)
*Orlando.* Roman

*in Vorbereitung*

*Nacht und Tag.* Roman
*Jakobs Zimmer.* Roman
*Mrs. Dalloway.* Roman
*Zum Leuchtturm.* Roman
*Die Wellen.* Roman
*Die Jahre.* Roman
*Zwischen den Akten.* Roman

*Tagebücher 1915–1941* in fünf Bänden
*Briefe 1888–1941* in drei Bänden
*Gesammelte Essays* in vier Bänden

*Roger Fry.* Biographie
*Flush. Die Geschichte*
*eines berühmten Hundes*

Neben der Edition der *Gesammelten Werke*
erscheinen einige ausgewählte Titel als
englische Broschur und werden zu einem
späteren Zeitpunkt in die Ausgabe integriert:

*bereits erschienen*

*Der gewöhnliche Leser. Band 1*
Essays
*Der gewöhnliche Leser. Band 2*
Essays
*Frauen und Literatur*
Essays

*in Vorbereitung*

*Tagebuch einer Schriftstellerin*
*Ein eigenes Zimmer*
*Drei Guineen*

# S. Fischer

# Vita Sackville-West

**Die Erbschaft des Peregrinus Chase**
*Zwei Erzählungen. Band 9562*

Peregrinus Chase, einem unbedeutenden, verschüchterten Versicherungsvertreter, der zeitlebens nur in möbilierten Zimmern gehaust hat, passiert das, wovon mancher träumt: nach dem Tod einer Tante erbt er ein wundervolles Landhaus im Tudorstil mit Park und dazugehörigen Ländereien.
Auch in der Erzählung »Verführung in Ecuador« bricht ein liebenswert altmodischer Held mit seiner Vergangenheit.

**Zwölf Tage in den Bakhtiari-Bergen**
*Eine Reiseerzählung. Band 9141*

Mit dem Talent zur satirisch unterkühlten Darstellung reflektiert Vita die kulturellen Unterschiede zwischen ihrer Heimat und dem fremden Gastland Persien. Erfrischend sind ihre Neugierde, ihr lebhafter Stil und ihre Fähigkeit, sich gänzlich dem momentanen Eindruck hinzugeben.

# Fischer Taschenbuch Verlag

# Jane Austen

Die Romane der englischen Pfarrerstochter Jane Austen, die 1817 mit 42 Jahren an Tuberkulose starb, gehören zu den bedeutendsten Werken der klassizistischen Literatur um die Wende des 19. Jahrhunderts.
Jane Austens Romane haben an ursprünglicher Frische und Lebendigkeit bis zum heutigen Tag nichts eingebüßt.

»Ein unbeirrbares Herz, ein unfehlbar guter Geschmack, eine nahezu herbe Moral – vor diesem Spiegel stellt Jane Austen jene Abweichungen von Güte, Wahrheit und Aufrichtigkeit zur Schau, die zum Bezauberndsten der englischen Literatur gehören.«
*Virginia Woolf*

Band 5491

**Emma**
Roman. Band 2191

**Stolz und Vorurteil**
Roman. Band 2205

**Fischer Taschenbuch Verlag**

*»Diese Publikation war lange überfällig«.*
*Frankfurter Allgemeine Zeitung*

# Sylvia Plath
# Die Bibel der Träume

Erzählungen, Prosa aus den Tagebüchern

»Nichts fällt mir wohl schwerer im Leben, als zu akzeptieren, daß ich nicht auf irgendeine Weise 'vollkommen bin', sondern auf verschiedenen Gebieten nur um Ausdruck ringe: im Leben (mit Menschen, und auf der Welt überhaupt), und im Schreiben.«
Die wahnsinnige Spannung und die latente Bedrohung, unter der das kurze Leben der Sylvia Plath, einer der wichtigsten Schriftstellerinnen dieses Jahrhunderts, stand, ist auch in ihrem erzählerischen Werk stets spürbar.
Die »Bibel der Träume« enthält Erzählungen aus den Jahren 1958 bis 1963 – Geschichten ihres Lebens in Devon/England, ihrer Arbeit am Massachusetts General Hospital, Erinnerungen an ihre frühe Kindheit im Haus der Großeltern, Skizzen der Enge und Borniertheit der englischen Provinz.

Band 9515

Die fünfzehn Erzählungen und Tagebuchauszüge dieses Bandes variieren in poetisch eindringlicher Weise Grundmotive von Sylvia Plath: Traum, Angst und Tod, und was sie, wie sie schrieb, wohl am meisten fürchtete, den Tod der Phantasie.

**Fischer Taschenbuch Verlag**

fi 1004 / 1

»Was Margaret Atwood – in jedem Genre – so
glaubwürdig macht, ist ihre entscheidende Sensibilität,
ihre unerschrockene Einsicht – auch in die eigenen
Ängste und Obsessionen; ihr Witz, der dem Schrecken
immer sehr nahe ist.«
*Süddeutsche Zeitung*

# Margaret Atwood

**Die eßbare Frau**
*Roman. Band 5984*

**Die Giftmischer**
Horror-Trips
und Happy-Ends
*Eine Sammlung
literarisch hochkarätiger
Prosa. Band 5985*

**Lady Orakel**
*Roman. Band 5463*

**Der lange Traum**
*Roman. Band 10291*

**Der Report der Magd**
*Roman. Band 5987*

**Unter Glas**
*Erzählungen. Band 5986*

**Die Unmöglichkeit
der Nähe**
*Roman. Band 10292*

**Wahre Geschichten**
*Gedichte. Band 5983*

**Verletzungen**
*Roman. Band 10293*

# Fischer Taschenbuch Verlag

fi 602 / 8

# Nadine Gordimer

**Anlaß zu lieben**
*Roman*
*456 Seiten. Leinen und*
*Fischer Taschenbuch*
*Band 5948*

**Der Besitzer**
*Roman*
*335 Seiten. Leinen*

**Burgers Tochter**
*Roman*
*446 Seiten. Geb. und*
*Fischer Taschenbuch*
*Band 5721*

**Clowns im Glück**
*Erzählungen*
*Fischer Taschenbuch*
*Band 5722*

**Der Ehrengast**
*Roman. 872 Seiten*
*Leinen und*
*Fischer Taschenbuch*
*Band 9558*

**Ein Spiel der Natur**
*Roman*
*535 Seiten. Leinen*

**Eine Stadt der Toten, eine Stadt der Lebenden**
*Erzählungen*
*456 Seiten. Leinen und*
*Fischer Taschenbuch*
*Band 5083*

**Entzauberung**
*Roman*
*504 Seiten. Geb. und*
*Fischer Taschenbuch*
*Band 2231*

**Fremdling unter Fremden**
*Roman*
*Fischer Taschenbuch*
*Band 5723*

**Etwas da draußen**
*Erzählungen*
*Fischer Bibliothek*
*143 Seiten. Geb.*

**Gutes Klima, nette Nachbarn**
*Sieben Erzählungen*
*Fischer Bibliothek*
*144 Seiten. Geb.*

**July's Leute**
*Roman*
*207 Seiten. Geb. und*
*Fischer Taschenbuch*
*Band 5902*

**Leben im Interregnum**
*Essays zu Politik und Literatur*
*288 Seiten. Leinen*

# S. Fischer

# Hundert Jahre
## NEUE RUNDSCHAU

– 101. Jahrgang –
Herausgegeben von Günther Busch und Uwe Wittstock

Die *Neue Rundschau*, 1890 von Samuel Fischer gegründet, hat sich zu einer beispiellosen Chronik des kulturellen Lebens in unserem Jahrhundert entwickelt. Sie hat die wesentlichen intellektuellen Strömungen der Zeit wie ein Brennglas gesammelt und konzentriert.

In das zweite Jahrhundert ihres Bestehens startet die *Neue Rundschau* nun mit neuem Gewand und neuem redaktionellen Konzept. Die Zeitschrift wird künftig herausgegeben von Günther Busch und Uwe Wittstock, denen Elisabeth Ruge als Assistentin zur Seite steht. Die *Neue Rundschau* erscheint wie bislang vierteljährlich, allerdings nicht mehr als Taschenbuch, sondern in größerem Format, zeitgemäßer Typographie und klassischer Ausstattung.

Als ihre wesentliche Aufgabe betrachtet es die *Neue Rundschau*, Zusammenhänge in unserem kulturellen Leben sichtbar zu machen oder herzustellen.

In den Zeiten der »Neuen Unübersichtlichkeit« (Jürgen Habermas) auch im intellektuellen Betrieb geht nicht nur für den Leser, sondern oft genug auch für die Autoren der Überblick über die zentralen Entwicklungen der Literatur und des Geisteslebens verloren: In dieser Situation will die *Neue Rundschau* wieder Verbindungen zwischen Kunst und Wissenschaft, zwischen Poesie und Theorie präsentieren, möchte sie die vom atemlosen Kulturbetrieb allzu leicht übersehenen Kontakte oder Kontroversen zwischen Dichtern und Denkern unserer Zeit wieder stärker ins Bewußtsein heben.

**S. Fischer**

»Eine meisterliche Biographie von jener intuitiv-einfühlsamen Art, wie Virgina Woolf sie selbst schätzte.«

*(The Times Higher Education Supplement)*

# Virginia Woolf
## Das Leben einer Schriftstellerin
Beschrieben von Lyndall Gordon

*420 Seiten und 8-seitigem Bildteil mit 10 Abb., Leinen*

Lyndall Gordons Biographie versteht sich als Ergänzung zu Quentin Bells – er war der Neffe von Virginia Woolf – auf Fakten konzentrierte Lebensbeschreibung. Gordon differenziert sehr genau zwischen dem inneren und dem äußeren Leben Virginia Woolfs: Während das äußere öffentliche Leben durch ihre Funktion als Leitfigur des Bloomsbury-Kreises gekennzeichnet war, zeigen ihre Tagebücher, Briefe und Memoiren, daß private Ereignisse ihr Werk formten – die Kindheitserinnerungen, die Todesfälle in der Familie, die endgültig ihre Jugend besiegelten und ihre Gefühle für das Vergangene schärften, die ungewöhnliche Erziehung durch den exzentrischen Vater, die Bindung an ihre Schwester, die heftige Gefährdung durch den Wahnsinn, ihre phantasievolle und inspirierende Ehe und, wichtiger vielleicht als alles andere, ihre Hingeneigtheit zum Tod.

# S. Fischer